後宮の棘2
～行き遅れ姫の謀～

香月みまり Mimari Kozuki

ALPHAPOLIS
WEB CITY SINCE 2000

アルファポリス文庫

https://www.alphapolis.co.jp/

一章

パンパンと木と木のぶつかり合う軽快な音が響き渡る。

激しく響いては、消え、また激しく響く。

幾度となく耳にしており、泰誠《たいせい》にとってはもはや生活の一部といえる音だ。

その音を聞きながら、泰誠はゆっくりと瞳を開いた。見つめる先には、しっかりとした体躯《たいく》の男――自身の主である冬隼《とうしゅん》と……

「だーかーらー！　手加減するなって言っているじゃないの!!」

最近馴染みになりつつある、小柄な女――冬隼の妻である翠玉《すいぎょく》がいた。

彼女はもどかしいのだろう。手合わせをしている冬隼に対して、先程から苛立ちを露わにしている。

「病み上がりの人間に本気など出せるわけがないだろう」

冬隼がヒョイと肩に木刀《ぼくとう》を乗せる。ひとまず休憩といった合図だ。

「病み上がりだろうが何だろうが、手加減されるのが腹立つのよ～」

対する翠玉は、不満だらけだと言わんばかりに木刀《ぼくとう》をブンブン振り回す。彼女はまだやる気のようだ。

「休憩だ！　少し休め、体がもたん」

そんな翠玉を相手にせず冬隼は勝手に一礼すると、スタスタと泰誠の方へ向かってくる。

「じゃあ手加減しないで！　冬隼さっきから、いつもの半分の力も出してないでしょ。それくらい分かるんだから！」

諦めたように翠玉も軽く一礼すると、パタパタと冬隼の後を追ってくる。不満げな表情は変わらない。

翠玉の言葉を受けて、冬隼の眉間にシワが寄った。

あぁ、これは始まるぞ……。そう思った直後。

「うるさい‼　少しは俺の言う事を聞け！　とりあえず俺は疲れた。少し休憩したら再開するからお前も休め」

案の定、強い口調で言い捨てた冬隼が、逃げるようにドカドカと乱暴な足取りで稽古場を出て行った。

そんな二人をやれやれと眺めて、しかしこんな姿が見られるようになった事を心の底では喜ばしく思う。

敵国同士の皇女と皇弟である二人――清劉国《せいりゅうこく》の皇女である劉翠玉《りゅうすいぎょく》と、湖紅国《ここうこく》皇帝の弟であり禁軍将軍を務める紅冬隼《こうとうしゅん》が、政略結婚で不本意ながら祝言《しゅうげん》を上げてから、二つ目の季節を迎えようとしている。

堅物で真面目が取り柄の冬隼と、祖国でないがしろにされながらも、たくましく生きて来た跳ねっ返りの翠玉。

はじめこそ反発し合った二人だが、お互い武を極める者として関わる中で、泰誠が……否、他の誰もが予想しなかったほど、認め合うようになっているのだ。

あの、「祝言《しゅうげん》なんぞ出ない！」「嫁などいらん！」と祝言《しゅうげん》当日までごねていた冬隼が……そう遠くない出来事を思い出して、つい顔をほころばせていると……

「もう！　腹立つ～」

置いていかれた翠玉が悔しそうに言いながら、消えて行く夫の背中を睨《ね》めつけて唇を噛んでいる。

「まぁまぁ奥方様。殿下も出ていかれた事だし、少し落ち着きましょう。休憩も大事な事です」

仕方なくなだめて、隣に腰掛けた翠玉に水桶につけてあった手拭《てぬぐ》いを渡してやる。

彼女が就寝中に冬隼と共に刺客《しかく》の襲撃を受け、毒を負って昏睡《こんすい》状態となったのはひと月と少し前の事だ。

あの頃を思えば、翠玉は随分と回復して、動けるようになっている。

しかし万全の体調に戻っているとはいい難い状態であるのも事実で……

「ありがとう……」

不貞腐れながらも、翠玉は渡された手拭《てぬぐ》いを素直に受け取って、額に当てて息を大きく吐いている。

何だかんだ言いながら、先ほどの打ち合いでかなり体力を消耗しているのだろう。冬隼が休憩をと言ったのは、彼女の状態を把握していたからに違いない。

全く、病み上がりで体力が落ちているから心配だと言ってやればいいものを。素直じゃない。

怒りながら出て行った冬隼の心情を思うも、しかし彼が素直にそんな事を告げられるような器用な質でもない事を思い出す。

全く、手がかかるなぁ、もう。

「殿下自身も迷っているんですよ。また奥方様を巻き込んでいいものかと」

こうして剣を握れば、いずれまた翠玉は生死を彷徨《さまよ》うかもしれない。翠玉の事を好きだと自覚してしまったがゆえに、冬隼はそんな相手を戦に出してもいいものかと迷いが出ているのであろう。

たとえ本人が望んでいる事だとしても。男として、理解できない心情ではない。

「は？　今更？　冬隼が何と言おうと、私は剣を捨てる事なんてないわよ？　武を捨てろと言うなら離縁していただくわ」

しかし肝心の翠玉には、冬隼の思う所などは全く理解できていない。頼むからそんな事、冗談でも今の殿下の前では言ってくれるなよ。

心の中で泰誠は切に願った。

「早く体力も元に戻さなきゃ。すぐに戦が始まるんですもの。足手まといにはなりたくないわ！」

首元を拭き取った手拭《てぬぐ》いを手の中で強く握りしめ、翠玉は口惜しそうに呟く。彼女も彼女で焦りがあるのだろう。

確かに、病み上がりの翠玉は以前に比べて精彩を欠いている。

仕方がない。何日も寝込んだ上、ここまで体を動かす事ができるようになったのも、つい最近の事だ。それでも、手加減されているとはいえ冬隼との打ち合いに付いていけるのだ。普通の女の枠からは外れている。

そこまで考えた所で、泰誠は自分をじっと見つめる熱い視線に気づいた。

瞬間、嫌な汗が流れる。

「ねぇ、泰誠。あなたは冬隼と互角にやり合うのよね？　手加減なしで、手合わせ願いたいわ！」

気がついた時にはすでに、翠玉に裾を掴まれていた。

「いやいやいやいや。殿下に休憩と言われたものを、私が勝手に覆すわけには」

慌てて、逃げようと体をよじるが、すでに遅かった。いったいこの華奢《きゃしゃ》な体のどこにそんな力があるのだろうか、翠玉に掴まれた裾はびくともしない。

「だって、冬隼ったら何だかおかしいんだもの。何かに怯えてるみたいに打ち込んでくる時があるのはなぜ？」

あなたも気づいているのでしょう？　とじっと強い視線で見つめられる。

そういえばこの人は、思った以上に相手の事をよく見ているのだ。それは自身の夫だけでなく部下である泰誠の事も、である。

どう答えるべきかと一瞬思案する。まともに答えてしまえば、彼女が冬隼の気持ちに気づいてしまいかねない。流石に、それは泰誠がするべき事ではない。

思案が長く続かなかったのは、泰誠の視界の中にある翠玉の姿がぐらりと揺れたからだ。

「奥方様⁉」

咄嗟に体が受け止める体勢をとる。しかしそこに受け止めるべきものは落ちて来なかった。すんでのところで、堪えたらしく、手をついて体重を支えている。

「大丈夫ですか？」

慌てて顔を覗き込もうとするが……

「ごめん。ちょっとした目眩《めまい》だから。運動不足のせいよね、時々あるの」

一拍早く顔を上げた翠玉の顔色は、いつも通りだった。

「きっと水分不足ね。私も水飲んでくる」

翠玉は、本当に大丈夫なのかと心配になるくらい素早く立ち上がり、泰誠に背を向けると、そのままパタパタと出て行ってしまった。

◆

「体を動かしてみてどうだ？」

冬隼は帰宅後、自身の部屋に入ろうとする翠玉に声をかけた。

昼に泰誠から少し気になる様子を聞いていたため、尋ねてみたのだが……

「まぁ、まだ少し重いわね。これぱかりは仕方ないわ。ひたすら動かしていくしかないもの。打ち合い、付き合ってくれてありがとう！」

翠玉からは簡単な言葉と、気まずげな笑みが返ってきただけだった。振り切るように部屋に入る翠玉の後ろ姿を、黙って見送る。

泰誠が翠玉の体調が気になると耳打ちしてきたのは今日の午後の事だ。稽古を終えて、翠玉が訓練を付けている隊の様子を確認しようと、泰誠と共に見物に行った時の事だった。

それから冬隼は、注意深く彼女を観察していたが、特段気になる様子はなかった。泰誠が見たのは、たまたまだったのか。それとも翠玉が巧妙に隠し通しているのか……冬隼には全く読めなかった。

これが、情を交わした相手であれば分かったのだろうか。翠玉と幼い頃から共にいた昔の恋人ならば、彼女の少しの変化に気づいたのか。もしかしたら、翠玉自身が不調を打ち明けていたのではないだろうか……

「何だそれは……」

嘲笑が漏れる。最近の自分はどこか女々しい。そんな事を考えている場合ではないのだ。

翠玉が作戦を立て、その身を削ってまで参加しようとしている隣国との戦は、もう目前に迫っている。戦況が不利になれば、その分彼女の負担が大きくなるだろう。必ずや……作戦を成功させなければならない。

自室に戻るために向けた足を止めると、そのまま通路を戻り、執務室へ向かう。

今までの戦で経験したことのないような焦りと、言い知れぬ不安が日に日に強くなっている事には、気づいている。

自分ではない誰かの命を案じる事が、これほどこたえるものなのだと驚かされている。

以前の自分ならば、そのような煩わしい感情は不要だと、おそらく根源である翠玉を遠ざけただろう。

しかし……今の自分にそんな考えは欠片もなく、いかに彼女と、彼女の策を活《い》かしてやれるか……それだけしか頭にないのだ。

「俺はどうしたのだろうな……」

一人ぽつりと呟いて、息を吐く。

自分自身が変わった理由が何なのか、その答えなど分かっている。

分かっているからこそ、自分でも思いもよらなかった自らの思考と行動の変化に、少しおかしくなって、冬隼は珍しく頬を緩めた。

◆

「お元気になられて、ほんに良うございました」

「皇后陛下にはご心配をおかけしました」

華々しく飾られた卓を挟み、翠玉と向かい合った皇后はやはりいつも通り、凛とした気高さをまとっていた。

「このような厳重な警戒の中、翠玉殿をお招きしていいものかと迷うておりましたが、お元気な顔を見られて安心いたしました」

「お気遣いありがとうございます。自邸に戻って以降、どういうわけか周囲を探る気配もなくなりましたので、まだ警戒はしておりますが、少し安心しているところです」

賊に襲われた後、療養するために滞在していた高蝶妃《こうちょうひ》の元から戻ってきてから数日は、まだ邸内を探るような不穏な気配はあったものの……ひと月が経った今、彼らは手法を変えたのか標的を変えたのか、なりを潜めているのだ。

諦めたのか、それとも……

「それは、この間皇帝陛下より命があった戦と関係はないのかしら？」

察しのいい皇后の言葉に、翠玉はゆっくり頷く。

「おっしゃる通り、気配がなくなったのは、先日皇帝陛下より禁軍に戦の命が正式に出た途端でございました。今私達、特に夫に何かあれば、戦の勝敗にも影響いたしますからね。相手もそこは冷静なようです」

そして……と翠玉は話を続ける。これによって明確になった事があるのだ。

「これではっきりした事が一つあります。相手は我ら夫婦に怨恨《えんこん》を抱いている以外に、どうやら、我が国の主権にもこだわりがあるという事。私達に手が出せない分、今後、後宮内で事が起こる可能性がございます。皆が戦に目を向けている分、後宮内には隙も生まれるでしょうから」

翠玉の言葉に皇后も大きく頷く。

「おそらくそうでしょう。泉妃《せんひ》と燗《らん》皇子は皇后宮にて厳重な警戒のもとに生活していますし、他の皇子と妃達の宮にも警護を十分につけてあります。翠玉殿の件を受けて毒味役も増やしました」

皇后は後宮を統べる役割もある。よもやこの人に手落ちはないだろうと、翠玉は思っている。

「お側でお力になれず申し訳ありません」

「これしきの事、心配無用です。それよりご自身の体調と、ご武運をお祈りいたします」

二人で視線を交わし、頷き合う。場所や立場は違えども、共に同じ者に立ち向かう戦友である事には変わりない。

泉妃や燗皇子が心配ではあるが、この皇后であれば必ずや二人を守ってくれる事だろう。そう自身の胸に言い聞かせ、翠玉は日暮れ前のまだ明るい時間に皇后宮を後にした。

◇

後宮の回廊を歩く途中、反対側の回廊に劉妃《りゅうひ》——翠玉の異母姉の一団が歩く姿を見た。

この一連の件に……彼女が関わっていない事を願う。もし劉妃が裏で手を引いていたならば、それが暴かれた時、幼い皇子の運命は決まっている。そして祖国と、この国の関係は崩れる。

母違いとはいえ、同じ皇室の出である翠玉にだって影響がないわけはない。命を奪われる事はないにせよ。国外追放はあり得る。

今の生活を奪われるのは避けたい。翠玉にとってここでの暮らしは大切なものなのだ。

幸いにも少数で歩く翠玉の一団に劉妃が気づくことはなかったようだ。すんなりと後宮を出て、馬車に乗り込む。

門前には翠玉の乗ってきた馬車以外にもう一台、皇族の紋章《もんしょう》がついた馬車が停まっていた。蓮の紋章《もんしょう》。

「雪稜《せつりょう》殿が戻ってみえたのね」

鵜州《うしゅう》に行っているはずの、冬隼の兄――雪稜の家のものだ。鵜州の政の調整が終わり、今度は戦に備えて中央の政を治めるために戻されたのだろう。着々と戦の準備が整ってきているという事だ。

ふうっと大きく息をつく。

正面と、隣に座る双子――楽《らく》と樂《がく》が視線をよこすが、二人とも口は開かなかった。自分は、このまま戦に行けるのだろうか。日に日に戦の色が濃くなるこの場所にいると、自分の体が思うように動かない事に焦りが強くなる。こんな腕で役に立つのだろうか。むしろ足手まといなのではないか。

冬隼も泰誠も、翠玉の様子がおかしい事には気づいているだろう。近頃突然、目《め》眩《まい》に襲われる事があるのだ。ひどい時は吐き気も伴う。ほとんどが体を動かした後だが、平気な時もある。

せっかく手に入れた役割を取り上げられたくない。もう、何の目的もなくただ生きるのは嫌なのだ。

時間が経てば、自然に解決するはずだ。だから大丈夫。戦までには随分とましになるはずだ。そう心の中で言い聞かせて、体から力を抜き、背もたれに体重を預ける。

邸まではまだ少し距離がある。そう考えて、瞳を閉じかけた時だった……

ガタン。

突如、馬車が停まった。

慌てて体を立てて、すぐさま外を窺おうとする双子を制する。突如として現れた、この痛いほどピリピリした空気と殺気。外を見ずとも理解ができた。

「囲まれてる」

小さな声で二人に伝えたのと、「何者だ！」と馬車の外から護衛達の緊迫した声が聞こえたのは同時だった。

翠玉の体調を思ってか、護衛は随分と多めについている。その数に立ち向かってくるという事は、多勢、もしくは精鋭だ。

ほどなくして、金属が擦れる音や叫び声が聞こえて来る。

始まった……

喧騒《けんそう》を聞き、外に出ようとする双子を引き止める。

「楽！　あなたは、適当な馬を奪って、助けを呼びに行きなさい。ここからなら、邸の方が近いわ！」

「承知しました！」

「樂。危険になったら、床から脱出するから、合図を頂戴」

「御意！」

指示を聞くと、息を合わせたように、二人が馬車の外に飛び出して行った。

喧騒《けんそう》はなおも続いている。

窓の御簾越しに人の影がチラチラ動くが、正確に何が起こっているのかは、中からは分からない。しかし音や聞こえる声を総合すると、形成が不利な事は分かる。

その中で……

「女が一人逃げたぞ！」

「護衛だ！　構うな！」

楽が上手く逃げ果せたことだけは分かった。

あとは……時間を稼ぐしかない。

邪魔な頭の装飾を取り外し、ヒラヒラとした宮廷用の衣装の裾を縛り上げる。腰に差した剣に手をかけて神経を集中する。

馬車の間近で抗戦している気配がある。よもやここまで迫られているのか……

ゆっくりと身を沈めて、床板の留め具を外す。

飛沫《ひまつ》が、馬車の側面にかかった音がする。護衛が切られたらしい。

まさか樂ではなかろうかと一瞬不安になるが、樂の声は少し馬車から離れた場所で聞こえた。普段寡黙《かもく》な彼が、自分が生きている事を、声を出して翠玉に伝えてくれている。

まだ、合図はない。しかし状況からその時が近い事は、なんとなく分かった。

体を低くして、その時をじっと待つ。

「奥方様ぁ‼」

一際大きな樂の声が響き渡る。

今だ‼

床板を外し、隙間から体を滑らせ、馬車の床下に下りる。その瞬間、頭上にドスッと何かが刺さる、鈍い音が響いた。間一髪だったようだ。

馬車の下に滑り出ると、目の前に四本の足がある。

どうやら、二人の男が馬車の中に槍《やり》か剣でも差し込んだのだろう。本当に危機一髪だが、反撃には最高の状況だった。

腰の剣を抜きざまにその四本の脚を薙《な》ぎ払う。瞬間視界が真っ赤に染まり、強烈な叫び声が響いた。突然見えないところから脚を切り取られたのだ。無理もない。

間髪容れず、そのまま床下から転がり出る。目の前で護衛の一人と交戦中だった男の腹を切りつける。そのまま、少し離れて二人の刺客《しかく》と睨み合う樂めがけて走る。

「奥方様！」

一人を後ろから蹴り飛ばし、もう一人の男は振り向きざまに胴を払う。

翠玉の参戦に驚きながらも、翠玉に蹴られた男を確実に仕留めた樂が声を上げる。

「合図ありがとう。あとは己の相手に集中なさい」

それだけ言うと、樂に背を向け、刺客《しかく》達がこちらを視認した事を確認する。

数は十人ほどだ。なるほど、姿格好はあの夜の連中と全く一緒だ。

「諦めてはいなかったわけね！」

見渡せばこちらの護衛も数人地面に落ちて事切れている。

なかなかの手練《てだ》れを揃えて来ているようだ。

一人の男を沈め、不意打ちを狙ってきた男の腹に肘を入れ、男の腰に携えられた短剣を抜くと、その背に突き立てた。

その時点で嫌な予感はあった。柄を握る手に力が入りにくくなっている上に、動きの速度も落ちて、脚も徐々に重くなっているのが分かる。

いつもであれば、そろそろ体が温まって軽くなり、速さも増す頃なのだが……

これは、早く仕留めないとまずい。

周囲では、翠玉に群がろうとする刺客《しかく》達を押しとどめるような状況になっている。無理もない、彼らの目的は翠玉一人なのだ。

そして、護衛達を突破して来た二人の男が目の前に迫る。それ以外にもまだ刺客《しかく》は数人残っている。どう体力を温存しようか。

まだ楽がこの場を離れてからあまり時間が経っていない。援軍が来るまで時間はかかるだろう。

一人目の攻撃を避け、腹を蹴り飛ばす。

「っ!」

グラリと視界が揺れた。

まずい……そう思った時には体が傾き、膝を地面に打ち付けていた。ガランと、鉄の音が足元で響く。手から剣が離れたのだ。

最悪だ……

「奥方様っ!!」

樂の悲痛な声が響き、反射的に顔を上げる。まだ揺れる視界の中に、ギラリと光る金属と、それを振りかぶる男が見えた。

あぁ、まずい。これは避けられない。諦めるように、自然と目を閉じた。

すぐに、ドンと鈍い音がする。思いの外痛みはなく、死ぬ間際とは痛みを感じないものなのかと、感心する。

しかし、聴覚はまだ鮮明で……そういうものなのかと思った矢先……

ドスンと今度は大きなものが落ちる音を間近に聞き、けたたましい金属音が響いた。

「目を開けろ‼　アホかお前は！　何を諦めて戦闘を放棄している！」

次の瞬間、体を強く引き上げられ、馴染みのある怒鳴り声が耳を劈《つんざ》いた。

◆

冬隼は午後の修練を終え、迷う事なく、自邸とは違う方向に馬を進めていた。翠玉が後宮からそろそろ帰る頃だと思ったのだ。

用心に用心を重ね、護衛は多めにつけてある。よもや大丈夫であろうが、それでも彼女の最近の様子を見ていると、心配ではあった。翠玉が後宮から出てくるまで、まだ少し時間はあるだろうが、彼女を一人で帰すより、自分が多少待つほうがまだマシだ。

そう思いながらゆったりと馬を走らせていたその時、向かう先から、ただごとではない様子で走ってくる馬を見て、背筋に冷たいものが走った。

すぐに馬を走らせ距離を詰め、こちらに向かって来る楽に声をかける。

「どこだ‼」

「この先‼　刺客《しかく》です！」

その声だけを聞くと、馬の腹を蹴り、さらに速度を上げる。

「殿下！　お待ちください！」

その後を泰誠と、護衛達が追ってくる気配を感じたが、彼らを待っている余裕はない。

翠玉を狙う者がこの時期に動くという事自体は、あり得ない話ではないと思っていた。

しかし、可能性は低かろうと油断していたのだ。

だが、そんな冬隼の考えとは裏腹に、事は起こってしまった。奴らはまだ、翠玉を諦めていなかったのだ。翠玉はまだ本調子でない。自分のせいでそうなった。

「頼むから……無事でいろ！」

幸いにも、現場にはすぐ到着できた。

しかし、視界に入ってきた状況に、一瞬で体中の血が冷えた。

形勢は圧倒的に不利だった。数いた護衛も随分減っているように見えた。

その中で自然に、目がすぐに見つけ出した翠玉の姿。彼女が立って剣を握っている姿に、ほっと息を吐いたその時だった。

男二人に対峙する華奢《きゃしゃ》な体が、一人を蹴り飛ばした瞬間グラリと傾き、崩れ落ちたのだ。

「奥方様っ!!」

悲痛な樂の声が響き、彼女の目の前にいる男が剣を振りかぶる。

間に合わない。

近づいていくうちに翠玉の表情が見える。冬隼には、翠玉は目を閉じて、死を受け入れようとしているように見えた。

勝手に死ぬな!!

腰に携えた短剣を抜き取り、振りかぶった男の首めがけて投げつける。一か八かの賭けだった。狙い通り、短剣は男の首元に吸い寄せられるように飛ぶと、見事にその首に刺さり、男の体は沈んだ。

冬隼の姿を認めて、群がって来る刺客《しかく》を二、三人薙《な》ぎ払って、馬を降りると翠玉の元へ駆け寄る。先ほど翠玉が蹴り飛ばした男が起き上がって、翠玉に向かって剣を振り上げようとしている。

「目を開けろ!!　アホかお前は！　何を諦めて戦闘を放棄している！」

膝をついている翠玉の体を引っ張り上げると、自分の懐に寄せる。ついでに彼女の落とした剣を拾い、向かって来た男に突き立てた。

「とう、しゅん？」

腕の中で、翠玉が目を開き、呟くのが聞こえた。立ち上がらせた翠玉は、力があまり入らないらしく立ち方も不安定だった。相当危ない状況だったようだ。

ようだ。

「殿下！　奥方を連れて下がってください！」

追いついてきた泰誠が騎乗《きじょう》したまま走り込んでくる。彼と共に護衛達も到着した
それと時を同じくして、どこからか、高い笛の音色が鳴った。

まるで、条件反射だとでもいうように、対峙していた刺客《しかく》達が、素早い動きで背
を向け、走り出していく。

逃げる気だ！

「泰誠！　なるべく生きて捕らえろ！　深追いはするな！」

「承知！」

泰誠と数人の護衛を見送り、周囲の安全を確認する。翠玉の肩を抱き、そのまま
ゆっくりと座り込む。

「大丈夫か？」

顔を覗き込むと翠玉の顔色は蒼白だった。

「冬隼、助かったわ。早かったのね」

弱々しい声と、少し荒い息が頬に当たる。

「怪我はないな？」

聞くと、すぐにコクリと頷き返される。体中に返り血を浴びているものの、彼女

自身に怪我はないらしい。となると、先ほど倒れたのはやはり体そのものの不調だろう。

「心配しないで。少し休めば大丈夫。ちょっと久しぶりに本気で動きすぎただけだから」

冬隼の考えを察したように翠玉がゆっくりと訴える。

「もう黙っていろ。帰ってすぐ休むぞ」

掴んだ肩をぎゅっと抱き込む。体温と心拍、息遣いが伝わり、よく生きていてくれたと安堵《あんど》のため息が漏れる。

「殿下。すみません、取り逃がしました」

しばらくそうしていると、泰誠と護衛達が戻ってきた。

敵は足がつかないように、刺客《しかく》を雇っているらしい。相変わらず、手慣れている。

「仕方ない。俺は宮に戻る。後を頼むぞ」

「承知しました」

泰誠の返事と同時に翠玉を抱き上げる。抵抗や抗議をする気力もないようで、今日は大人しい。

せめて横になれたらと、馬車を一瞥《いちべつ》するが、使える状況ではなかった。

「翠玉、すまん。少し我慢しろ」

そう耳元で呟くと、彼女を担ぎ上げ、馬に乗る。

落ち着いたところで、横抱きに戻し、落ちないように肩を抱いて、胸に押し付ける。

「少し具合は悪いが耐えろ」

「大丈夫よ。ごめんなさい」

背に弱々しいながら、翠玉の手が回される。必死でしがみついているようだが、力はない。こうなるまで、いったいどれほど刺客《しかく》を斬ったのだろうか……

覗き込む顔色は、相変わらず悪い。

不意に先ほどの、膝をついた翠玉の姿を思い出す。

到着が少し遅れていたら、翠玉は確実に死んでいた。しかも、あの瞬間、翠玉はそれを受け入れて、生きる事を諦めようとしていなかっただろうか……

冬隼は、ぎゅっと翠玉の肩を抱く腕に力を入れた。

◆

冬隼の腕の中は、温かく、厚い胸板を伝ってくる鼓動《こどう》は規則正しくて、翠玉はそれだけでなぜか安心できた。

時折翠玉を抱き込む腕に力が入るが、それもなぜか包み込まれるように心地よかった。

体中がだるく、馬に乗っているせいか頭がグラグラして、そのまま眠気に引き込まれてしまいそうだと考えたところまでは、きちんと記憶があった。

体調を気遣って、馬の速さもゆっくりだったはずなのに、うつらうつらしているうちに自邸に着いたらしい。ぼんやりとした意識の中で、家人達の驚き戸惑う声が聞こえてくる。

「大丈夫だ。怪我はない。このまま部屋まで運ぶ」

冬隼の胸でやり取りを聞きながら、とりあえずは歩かなくて済む事にホッとして、翠玉はまた意識を手放した。

温かい手がまるで力を与えるように、頬や頭をずっと撫でてくれていた気がした。

◆

「結局、奥方様が殺った連中からも、何の手がかりも出ませんでした」

「そうか……」

衝立《ついたて》越しに聞く冬隼の声には抑揚がなく、泰誠は眉を寄せた。

翠玉が謎の刺客《しかく》達に襲われてから数刻。冬隼への報告のために邸に来てみれば、自室にはおらず、彼は伏せた妻のいる部屋にいるというではないか。

報告があると伝えれば出てくると思ったものの、逆に部屋の中に招かれ、入り口で衝立《ついたて》越しに報告をさせられている。再度の刺客《しかく》の襲撃を恐れているとはいえ、冬隼にしては随分と思い悩んでいる様子だ。

「殿下。お悩みになる気持ちは分かりますが、決めるのは奥方ですよ」

思い切って発した泰誠の言葉に、冬隼が息を呑む気配がした。付き合いは長いのだ。この人の性格など分かり切っている。

「奥方の知は我が軍の要です。武は我々で何とでもできましょう。ですが、奥方の知に代わりはありません。最前線に出すわけではありませんよ？　そこを冷静にお考えなさいませ」

「そう、だな……」

ため息交じりの言葉が返ってくる。真面目な性格と、生い立ちの性質上、何でも自分が決めねばならぬと思い込んでしまう人である。

部下の事であればそれでいい、しかし翠玉は部下ではない。

「失礼します」

室を出る際、卓に視線が行く。おおよそ夫婦の寝室に似合わないもの……戦場図と碁石《ごいし》が置かれている。

彼女の能力――兵法《ひょうほう》の知恵と豊かな発想力が活《い》きた戦術は、次の戦に必要不可欠だ。ここまで進んでいる以上は同行してもらわないわけにはいかない。

今まで冬隼は常に物事を冷静に考えて来た。ただここに来て、翠玉の事については冷静に判断できない時があるらしい。

彼の男としての成長は喜ばしい事ではあるが、時に弱点ともなるだろう。それを抑えるのも自分の役目かもしれない。

ため息を一つつき、泰誠は天を仰いだ。

◆

朝方、早めに目が覚めた冬隼が翠玉の寝顔をぼんやりと眺めていると、翠玉が祖国から連れてきた侍従《じじゅう》――陽香《ようか》が入室してきた。翠玉の側にいる冬隼の様子を見るやいなや、満足そうに微笑み礼をとる。

「昨夜よりは、辛くなさそうだ」

少しばかり居心地の悪さを覚えて、簡潔に様子を伝えてやると「ええ」と彼女は更に満足げに頷いた。

「お顔の色も昨日とは見違えるようでございますね。旦那様が、付いていていてくださったおかげでございますね」

弾むように言いながら、持ってきた水桶から手拭《てぬぐ》いを絞り、翠玉の顔を拭きはじめる。

陽香の言葉に、昨日から胸の中で渦巻いている思いが刺激され、胃の腑がギュッと縮まるような感覚に襲われた。

「俺がいた事は、こいつには関係ないだろう」

自嘲気味に小さく呟くと、陽香は手を止めて、こちらをじっと見つめてきた。

流石、桜季《おうき》と並ぶ経験を持つ女官だ。何気なく漏らしてしまったこの一言に何かを察したのだろう。

「何か、先の出来事で気になられる事がございましたね？」

先ほどまでの嬉しそうな様子から一転し、表情を硬くして問うてくる陽香にはどうやら心当たりがあるらしい。翠玉と長い付き合いの彼女である。話してみるべきだろう。

「こいつ、昨日の戦いで俺が助けに入る直前、振り上げられた刃を避けようともせず瞳を閉じたんだ」

どういう反応を示すだろうかと探りながら、昨日のあの場面を伝えてみる。

陽香のこちらを見つめていた瞳が、一瞬大きく開かれ、そしてすぐに視線が落ちた。

「左様にございますか……」

陽香は小さく頷くと、悲しげな視線を翠玉に向ける。取り乱す様子がないところを見ると、彼女にとって、そう意外な事でもないらしい。

「こいつは嫁ぐまで、自分に存在価値がないと諦めて生きて来ていた事は知っている。いつ死んでもいいと思っていたのかもしれないとも容易に想像がつく。だが、今でもそうなのかと思うと、どうしてやるのがいいのか分からないのだ」

この国に、冬隼の元に嫁いで来て、新たな役割を与えられ満足している様子であっただけに、あの反応には参った。自分達はまだ、翠玉にとって死ねない理由にはなっていない事を知ってしまった。

「今のままで大丈夫でございますよ」

チャプチャプと水跳ねの音を立てて、陽香が手拭《てぬぐ》いを桶《おけ》に戻すと、しっかりと背筋を伸ばしてこちらを見つめてきた。

表情は先ほどの硬い様子とは打って変わってとても柔らかく、温かい。

「そこまで旦那様が分かっていらっしゃるのであれば大丈夫でございます。翠姫は諦めなくていい事や役割がある喜びをようやく知る事ができ始めているところなのでございます。まだ、日も浅く発展途上でございますので、十数年ものの諦め根性の方が勝ってしまいますが、月日を重ねていけばご心配はないかと思います」

何しろ根は理論的ではなく直感的な性格なので！　と最後に呆れ交じりに微笑んだ。

「諦め根性……か」

「もちろん、ご自分の事に関してのみのお話です」

だから困ったものなのだと、陽香は眠っている翠玉を睨《ね》めつける。

「きっとご自分がいなくなった時に、旦那様が悲しまれて、辛い思いをなさると気づけば、翠姫も死ぬのが怖くなりますよ。もともと、この方は大切な人達を失う辛さを知っている方でございますから」

「それにこいつが、気づくのかが問題だな……」

ため息交じりに寝顔を眺める。

「なかなか手強い相手に思えて仕方がない」

「左様でございますね」

くすくす笑いながら、陽香は桶《おけ》を持ち出て行ってしまった。

残されたのは、冬隼と未だ眠り続ける翠玉のみ。恐る恐る手を伸ばして、今しがた清められたばかりの翠玉の頬に触れる。

温かくて、柔らかい。本当ならば、翠玉が目覚めるまでこうして側についていてやりたいと思っていたのだが、顔を拭かれても目覚めないところを見ると、まだしばらくは目覚める事はなさそうだ。

どうしても脳裏によみがえるのは、昨日のあの危うげな彼女の姿。少しでも顔を合わせて会話ができたら、これほど後ろ髪引かれるような気分はしないだろうに……

そんな事を考えていると、室の扉の向こう側に人の気配を感じる。そろそろ支度の刻限らしい。冬隼は寝台を揺らさないよう、極力ゆっくりと起き上がって部屋を出た。

◇

昼餉《ひるげ》の時間。冬隼は、いつもより少しばかり早めに邸に戻り、加減はどうかといの一番に翠玉の部屋を訪ねた。だがしかし……

「いない⁉」

ガランとした室内を見て呆然とした。

護衛の姿もないため、何かあったわけではなさそうだが……病み上がりの体でまた無茶をしている事だけは間違いなかった。慌ててバタバタと窓を開けてみるが、寝室側の庭にも姿は見当たらない。そのまま隣の執務室を覗くがそこにも姿はなかった。

残すは一つだ。

嫌な予感を抱えながら、中庭へと歩みを進めると。

「やはり……か」

どうしたらいいのか分からない様子で右往左往する、護衛達がいる。

そしてその先に……

膝をついた、翠玉の姿があった。

寝間着のまま、髪も結わず、木刀《ぼくとう》を片手に座り込み、肩で息をしている。また目《め》

眩《まい》に襲われたのだろう。

慌てて近づくと、護衛達からは心底「助かった」といいたげな視線が送られた。

人払いをするよう手振りで指示を出しそのまま中庭に下りる。

「大丈夫だから！　続けさせて！」

近づくと背越しに、翠玉の苛立った声が飛んで来た。この調子で護衛達を寄せ付

けなかったのだろう。どれだけ余裕がないのだろうか。冬隼の気配に気づきもして

いない。

無視をして近づくと、そのまま、翠玉の腕を掴む。

「放しなさい!!」

キッと睨みつけられるが、冬隼を視認すると、気まずげにそらされた。足元はやはりおぼつかない上に、まだ微熱があるらしく、体が熱い。

「焦るな」

言いながら、翠玉の手の中の木刀《ぼくとう》を取り上げようとするが、せめてもの抵抗か、翠玉は放そうとしない。

「嫌よ。鍛錬しなきゃ、いつまで経っても体が動かないもの！」

「まだ、その時ではない、今は体を整えろ」

冬隼が少し力をいれたら簡単に木刀《ぼくとう》は翠玉の手を離れるだろう。しかしそれをしたら翠玉はますます自棄になるに違いない。

「だから、そうやって加減しないで!!　自分が情けなくなる！」

しかし、それすらも翠玉のささくれ立った神経を逆撫でしたらしい。手にしていた木刀《ぼくとう》を冬隼の手ごと放り出すように離した。

翠玉はそのまま膝を抱き込み、小さくなると肩を震わせはじめた。

まるで子供のようだ。

ここに来た当初から強い女だと思う事はあったが。こんなに脆い姿は初めて目にした。

翠玉にとって武は、彼女自身を守り固めるものだ。どのような逆境の中にあっても彼女が強くいられたのは、それがあったからだ。

これは彼女を守っていたものが剥がれ落ちて、最後に残った本当の翠玉の姿なのかもしれない。

思わず息を呑む。

こんな時に薄情ではあるが、そんな姿を自分に見せてくれた事が少し嬉しかった。

脇にしゃがむと、そのままその頭に手を乗せてやる。

「そう急くな」

「無理よ。だって間に合わない！」

嗚咽《おえつ》を堪えるような、不安定な声が返ってきた。

ゆっくりと息を吐いて、無造作に顔にかかる髪を退けてやる。

「お前の、次の役割は何だ？」

「いっ、戦に軍を率いて行くこと……」

「そうだ。しかし俺は、お前を最初から最前線に出す予定はない」

「そうだけど……」

「今お前のやる事は、刀を持って身を削る事ではない。己が率いる軍の状態を見て、あらゆる戦況を考えて、知を巡らせる事だろう？」

　ようやく重たそうに翠玉が頭を上げた。頬がわずかに涙で濡れて、湿った瞳で、じっと冬隼を見上げる。

「いざという時に、私が足手まといになるかもよ？　昨日みたいな襲撃だっていつあるかわからないわ」

　彼女の不安そうな口ぶりに、思わず笑みが漏れた。

「足手まとい？　お前は昨日、何人の刺客《しかく》を斬ったと思っているんだ？　まだ殺し足りないのか？」

　今朝、護衛達の話や現場の状況を精査した泰誠から報告を受けたのだが。翠玉が斬った刺客《しかく》の数は、片手では足りないほどであった。

　冬隼に笑われたせいか、翠玉はまた顔を伏せるのでその頭をあやすように撫でてやる。

「最悪、俺が担いで逃げてやるさ。お前一人くらいどうって事ないからな。それをしても釣りが来るほど、次の戦にはお前の知が必要だ。だから動けなくても、馬に縛ってでも一緒に行ってもらうぞ！」

「嫌よ！　カッコ悪い！」

　伏せた頭越しに、ふて腐れたくぐもった声が返ってきたが、先ほどの湿っぽさはない。

弱々しく翠玉の手が上がり、頭を撫でている手に重ねられた。

「こんなんでも連れて行くの？」

「当然だ！」

きっぱりと間髪を入れずに答える。おそらく彼女が今一番気になっていた事だろうから。

「だが、最後はお前が決めろ。もし行きたくないのなら、無理にとは……」

「行くわ‼」

当然のごとく、食い気味に返答が返ってくる。あまりにも速い返答に、ククッと笑みが漏れ、慌てて手で押さえた。

「今までお前は一人だったかもしれん。でも今は俺達がいる。何でも一人でこなそうとしなくていい。甘えろ！　調子が悪ければ、素直に言え。突然倒れられる方がたまらん」

翠玉の頭をポンポンと叩き、立ち上がる。

「部屋に戻るぞ。今日は構わんが、明日の軍議《ぐんぎ》には出てもらう」

翠玉に向かって手を差し出す。その手を、翠玉がじっと見つめるが、手を重ねるそぶりはない。冬隼に甘える事を躊躇っているのだろうか。

「あのね、冬隼」

「どうした？」

「まだ足に力が入らないの。立てる自信がないわ。申し訳ないけど、運んでくれる？」

予想外の返答に呆気に取られた。対する翠玉は、困ったように笑っている。甘えろとは言ったが、こんなにすんなり甘えられるとは思わなかった。

甘える事に抵抗がないほどには、翠玉の中で自分は近い存在になっていると思っていいのだろうか……

「仕方ないな……」

小さく笑い、少し汗ばんだ華奢《きゃしゃ》な背中に手を回す。もう何度も抱き上げている、馴染みのある重みと感触だ。

しかし今までと違うのは。翠玉が、彼女自ら腕を回し掴まっている事だった。

「何だか最近、こんな事ばかりね」

翠玉が胸の中でクスッと笑う。

「確かに、そうだな……」

考えてみると、最初に抱き上げた時に比べ、翠玉の重さにも、柔らかい感触にも随分慣れた。腕の中にも収まりが良くなった気がする。

こてんと、翠玉の頭が寄せられ胸に当たり、唐突な事に、心臓が跳ね上がる。

「最近分かったけど、人の胸の音って、何だか、すごく落ち着くわね」

頬を寄せた翠玉が穏やかな声で呟く。

「そ、そうか」

唐突な彼女の行動に、鼓動《こどう》が速くならないだろうかと心配になり、慌てて踵を返すと、翠玉の寝室に向かって、さかさかと歩き出す。

急に腕の中の彼女を意識してしまい、嫌な汗が流れてきた。

この光景を泰誠に見られようものなら……

「奥方って、無自覚に残酷ですね」と同情されることだろう。

◆

暗闇の中、双方の顔は見えない。

庭を流れる池の水の音だけがやけに大きく耳に届く。

「申し訳ございません。思いがけず援軍の到着が早く、仕留め損ねました」

庭先に平伏した男に、チラリと視線を送り、すぐに視線を外すと、ゆっくりと息を吐く。

その息遣いに失望の色を感じたのであろう。男の体が強張ったのが分かった。

「とりあえず、しばらくは動きを控えよと、主からの指示だ」

「ですが！」

「情勢が変わった。あの女に今死なれては不都合が生じる」

冷たく言い放つ。

「時が来るまで励め。三度目はないぞ」

そう言うと、去ねと手を振る。

「はっ!!」

男は再度深々と平伏すると、次の瞬間には姿を消した。気配が消えるのを確認し、彼はパチンと指を鳴らす。

「お呼びでございましょうか？」

また一つ黒い影が、背後に現れた。

「かの者を消せ」

短く伝える。

「良いので？」

相手はどこか楽しそうな声音だ。

「三度目はない、からな」

「全く、怖いお人だ」

黒い影の男はクククッと喉を鳴らす。

「それは僕がかい？　それとも主が？」

「両方ですよ」

返ってきた言葉に口元が自然とほころんだ。

「光栄だよ」

二章

草木の青々とした香りと、どこまでも続く青空。頬を切る風は乾燥してはいるものの、午前の涼しい空気をまとっている。

「すごいわねぇ。こんなところにも田畑があって人が住んでいるのね！」

開けた景色には、小さな村の田園風景が広がっている。

「奥方様、あまり遠くに行くのは危険です！」

後から追いついてきた、楽が抗議の声を上げる。

「大丈夫よ！　これくらいならすぐに戻れるから。それより、美しい風景じゃない？　帝都では絶対にお目にかかれないわよね～」

「帝都以外、大概の地域はどこもこのような感じですよ」

呆れたように楽に言われ、翠玉はむぅっと頬を膨らます。

「だって、私生まれてから二十五年一度も帝都から出ていなかったのよ。唯一出られたのも輿《こし》入れの時で馬車だったし。馬に乗ってこんなに遠くに出たのは初めてだわ！」

だから嬉しいの！　そう言って、更に進もうとした時。

ピー。

笛の音が風に乗って聞こえる。

「集合の合図ですね。戻りましょう」

残念でしたねと言いたげな表情で、樂が馬首を返す。

「仕方ないわねぇ」

後ろ髪を引かれる思いで仕方なしに、翠玉も無月《むつき》の方向を変える。

「遅いぞ。あまり遠くに行くなと言ったはずだろう」

顔を見るなり、いつもの仏頂面《ぶっちょうづら》から、文句が飛んできた。

「そんなに遠くまで行ってないわよ～」

抗議の声を上げるが、冬隼は信じてはいない様子で小さくため息をついた。

「気持ちは分かるがはしゃぐな。散歩じゃないんだからな」

それだけ言うと、翠玉に背を向け、隊列に戻っていく。途中、振り返り早く来いと目配せされ、翠玉も慌ててその背を追いかけた。

泰誠の号令と共に、隊がまた動き始める。もうかれこれ五日ほど、このようなやり取りを繰り返している。

「遊びじゃない事は分かってるわよ」

馬首を並べると、小さな声で再度冬隼に抗議する。

「当然だ。分かっていなければすぐに帝都に送り返すところだ」

そう呟かれ、翠玉はまた膨れる。

「私の知が必要だと言ったのはどの口？」

「この口だな。残念だが」

うんざりとした口調でサラリと認められる。知ってはいたが、本当に可愛げのない男である。

「それに、今回それは裏の話だと伝えたはずだ。お前はただ将軍の妻として帯同《たいどう》するのが表向きの役目のはず。あまり積極的に俺から離れるな」

そうして正論が返ってきて、翠玉にはぐうの音も出ないのだ。本当に可愛くない。

むくれてそのまま黙り、前を見て進む事にした。

今回の戦での翠玉の立ち位置は、表向きにはただの禁軍将軍の妻なのだ。戦術に関わっている事を知る者は、軍議《ぐんぎ》に参加している将軍、副将軍、隊長格の一部しかいない。

異国から嫁いだ姫が戦術を立てる事で、兵にいらぬ不安を与える必要もない。他国にもそんな隠し球がいるとわざわざ手の内を見せる必要もない。

翠玉には、現状正式な軍の役職はないので好都合だろうと、軍議《ぐんぎ》参加者達の満場一致で「夫婦仲のいい将軍が、妻を片時も離したくなくて連れてきた」という体《てい》をとる事に決まった。

はたからみたら、冬隼は欲《よく》に溺《おぼ》れたダメ将軍ではなかろうかと思うのだが、当の本人も臣下《しんか》達も気づいていないのか、気にしていないのか、誰も異を唱えないため、翠玉も黙っておく事にしている。

「お前には全てが珍しいのは理解できるがな。体の事もある、あまり無茶をするな」

しばらく経って、突然冬隼が口を開いた。

あぁ、まただ。

時々この人は、翠玉に対してとても思いやり深い言葉をかけてくる事がある。嫁いだ頃には想像もつかなかったが、この仏頂面《ぶっちょうづら》の裏にはきちんと人を思いやれる心があるのだと感じる事が、特に最近増えたように思う。

もちろん翠玉に対しては、自分のせいで怪我をさせた負い目もあるのだろうが。

妻として、彼を取り巻く人間の一人として認められているという気がして、家族といえるものを随分前に失った翠玉には、それがとてもくすぐったく感じるのだ。

そうして、ゆるゆると馬に揺られる毎日が繰り返された。

それでも着実に目的地へと近づいてきている事は、気候の変化で顕著《けんちょ》に感じた。

雨量が減り、乾燥した空気が喉に張り付くようになってくると、軍の中の緊張感も少しずつ高まってくる。初陣《ういじん》である翠玉にもよく分かった。

「ご報告いたします。緋尭《ひぎょう》軍が国境間近に集結を始めた模様。本隊の姿は未だ確認できませんが、廿州《じゅうしゅう》軍も展開して、睨み合いになっております」

野営の天幕《てんまく》に情報がもたらされたのは、目的地までもう間近の頃だった。

「そうか、数はどれほどか」

「八千ほどかと」

「少ないな、国境線と河の上流だけは必ず死守するよう飛楊《ひよう》に伝えてくれ」

「承知いたしました」

短いやり取りを済ませて伝令を下がらせる。

冬隼と伝令のやり取りを、翠玉は同じ天幕《てんまく》の中で衝立《ついたて》越しに聞いていた。ほどなくして、冬隼がこちらに姿を現す。翠玉と同様に寝巻きに身を包んでいる。

「首尾はぬかりないようね」

戦場図の前から立ち上がり、頃合いの香が立ち込める茶器に手を伸ばす。

「あぁ、想定を超えてはいない」

対面の椅子に腰掛け、戦場図の碁石《ごいし》をいくつか動かしながら、「まぁこんなものだろう」と冬隼は呟いている。

「上手く、いくかしらね」

二人分の茶を入れながらぽつりと呟くと、ちらりと冬隼がこちらを見て、ふっと笑った。

「珍しく弱気だな」

「だって、机上《きじょう》の戦術を実際に動かすのは初めてなんですもの！」

不貞腐れながら茶を出し、翠玉も席に戻る。

「大丈夫だ。様子を見ながら行く、上手くいきそうになければ別の手を考えるまでだ」

何でもないように言われ、「そうだけど……」と呟いて茶に口をつける。翠玉とは違い、冬隼は実際に戦場での経験があるのだ。最初に立てた作戦が思い通りにならない事など織り込み済みなのだろう。

「でも、命を無駄にはできないわ」

戦場図に置かれた碁石《ごいし》に目を向ける。たかが石だが、この石が表すのは数百や数千の命だ。翠玉は、自らが考えた戦術に携わる兵の多さと、その命の重みを考える。

「お前だけにその責があるわけではない。最終的に決定するのは俺だ。とにかく、お前はごちゃごちゃ考えずに休める時には休め、まだ時折顔色が悪いぞ」

この話は打ち切りだと言わんばかりに、冬隼の確信を持った鋭い視線が向けられた。

一瞬誤魔化そうかと思考を巡らすが、逃げ切れない事を悟り、ため息をつく。

「気づいていたのね？」

「当然だ」

きっぱりと言われる。ここ最近、気づかれないように努力していた自分の労力は何だったのだろうかと切なくなった。

「ごめんなさい、懸念事項を増やしているわね」

「らしくない事を！　お前に戦術を組んでもらっている時点で、こちらは随分楽をさせてもらっている」

自分でも嫌になるほど、随分と弱気になっているのは分かっている。体調はゆっくりではあるものの、きちんと回復してきているのだ。ただ、自身が満足できる水準まではないという事で……

それならば、戦術の方では絶対に失敗したくない。

じっと戦場図を見つめる。

どれだけ考えても、翠玉には今の戦術が最良としか思えない。

とはいえ、戦場を実際に見ていないため、想定外の様相であったならどうしようかと、更に不安が広がるのだ。

「もともとうちの国には、柳弦《ゆうげん》の同期で戦術に精通した者がいた」

突然、冬隼がポツリと話し始めた。

「だが、昨年突然の病で身罷《みまか》った。まだ若く現役だったが、そろそろ後継者をと思っていた矢先だった。お前の存在はお前が思っている以上に我が軍には貴重だ。たとえ歩けなくても本陣にはいてもらうぞ」

最後は有無を言わせない命令口調で、翠玉は苦笑する。

「歩けなかったら、逃げる時どうするのよ」

「安心しろ、俺が担いで逃げてやる。不満なら無月に縛り付けてやってもいいぞ」

冬隼は意地悪そうに、クスリと笑いながら茶を飲み干すと「寝るぞ」と席を立った。

「ちょっと、まだ、考える事が……」

「明日だ、俺の話を聞いていなかったのか？　休める時には休むぞ！」

冬隼の突然の就寝発言に慌てて碁石《ごいし》に手を伸ばそうとするが、その手を横からしっかりつかまれて、ズルズルと寝台に引きずられて行く。

こうなってしまったら、何を言って抗おうとも冬隼が折れてはくれない事は、実はここまでの道中で嫌と言うほど分かっていた。

今日はここまでか……

部屋の明かりを消されてしまい、諦めて布団に入れば、数秒後には隣で冬隼の規則正しい寝息が聞こえ出す。場所が変わろうとも変わる事のないこの寝入りの速さは本当にあっぱれだ。

私を寝かせるって言いながら、本当は自分が眠たかったんじゃないの？

何だか上手い口実に使われたような気もしながら、仕方なく目を閉じると、すうすうという寝息に誘われて、翠玉もすぐに意識を手放した。

◆

乾燥した風を頬に感じながら、冬隼は眼下の平原を見渡した。

足元に見えるのは、甘州軍と睨みあう敵国の旗の群れ。間には国境線である小川程度の川がある。もともと二本あった川の一方は枯れ、もう一方の流れも随分減り、今はせせらぎ程度の流れしかない。

遥か向こうには敵軍の本陣と思しき天幕《てんまく》の群れも確認できる。

冬隼達が国境線付近に到着してから三日で双方ともに兵の数が増え、緊張感が漂っている。その光景をじっくり目に焼き付けると、目の前の小屋に入る。

「お戻りですか？」

顔を見るなり声をかけて来たのは李梨《りり》だった。部屋の中では、泰誠が戦場図の前に腰掛けている。

「あぁ、午前よりあちらも随分増えたな」

一直線に戦場図に向かうと、卓に置かれた小箱から、黒い碁石《ごいし》を三つ等間隔に置く。

「まさか敵方も、こんな切り立った山の上から見下ろされているとは思わないでしょうね」

ははは、と泰誠が笑い、冬隼が置いた碁石《ごいし》を眺める。

「まったく、奥方のやる事には驚かされますね」

「まぁな、その張本人はどこだ？」

部屋を見渡してみるが、翠玉の姿はない。

「また、土竜《もぐら》におなりになると仰って出ていかれましたよ」

鏃《やじり》を器用に結びながら、禁軍騎馬隊隊長である李梨が下に向けて指を指した。

「またか……」

ため息をつく。ここに着いてから三日、暇さえあれば彼女はあちこちに出かけては、何かを確認している。この小屋が立っている場所すらも、翠玉が初日に見つけて来たものだ。

ただの好奇心ではない事は確かなので好きにさせているのだが……

「今度は何を見つけて来ますかね。突然、『上に小屋を建てるわ！』って言い出したのには驚きましたけどね」

思い出したように泰誠が笑う。

「しかし、大正解でしたね。ここからはよく相手の動向が分かりますから。まさか敵もこんな切り立った山の上に人が登り下りしているとは思わないですよね」

李梨もつられて笑っている。随分と皆、翠玉のめちゃくちゃに慣れて来たらしい。

そんな中、ザクザクと砂利を踏む複数の足音が外から聞こえてきた。

「戻ったか」

冬隼が小さく呟くのと同じくして、小屋の扉が開く。

「すごいのね！　朝は骨組みだったのに、もう出来上がってる！」

感嘆の声を上げながら、翠玉が護衛二人を従えて入室してきた。いつもの動きやすい服装に身を包んでいるが、その服は泥だらけだった。後ろの双子達ももれなく泥だらけだ。

「廿州は木材が豊富な州だからな、材料も作り手も優秀だ。突貫工事だからあちこち脆いから暴れるなよ」

「失礼ね。大丈夫よ！」

彼女は軽く冬隼を睨めつけると、泰誠の前に置かれた戦場図に向かい、卓上に置かれた筆と朱色の墨《すみ》を取ると、鼻歌交じりに線を書き足す。

「何か見つけたのか？」

後ろから覗き込み、声をかけると。

「ふふふ。これでこの地は我が軍の手中にアリって感じね」

翠玉は不敵に微笑んで、護衛二人に遅い昼食でもとってらっしゃいと声をかけ下がらせた。李梨も、鏃《やじり》の手入れを終えたらしく、双子について部屋を出て行った。

「しかし、普通に戦うには、この地は厄介な場所ね。ご先祖はさぞ苦労したでしょうね」

翠玉はしみじみと戦場図を眺めている。

「そうだな、これよりもう少しあちら側に入れたら、守りも楽になるのだがな」

できれば自分の代ではここで戦は勘弁願いたかった、この国境線はそんな場所である。そんな事を考えていると、ゆっくり、翠玉がこちらを振り返り、見上げてきた。

「ねぇ冬隼。この戦、欲しいのは土地？　それとも今後攻めて来ないほどに、相手に恐怖を植え付ける事？」

唐突な問いに、一瞬何の事やら分からず、向かい側にいる泰誠と視線を合わせた。

「この戦に望む事か？」

「そう」

なぜ今になってそんな事をと思いながらも、少し考える。

「難しいが、欲を言えば、どちらもだ」

「なら、どちらかを諦めて」

考えた言葉は、一瞬のうちに砕かれた。

しかもケロリと言い放たれた。

「なぜだ？」

随分自分は不満げな顔をしていたに違いない。翠玉は、困ったように笑うと、戦場図を見るように手招きをする。

「あのね。例えばこの戦に勝って緋尭側の土地を手に入れて、国境を今よりも緋尭側に押し込めたとするわね！　でも結局、雨季には新たに手に入れた土地と、今の国境線の内側の土地は川で寸断されてしまうの。その時に敵に、新たに手に入れた土地を攻められたら、こちらは増水した川のせいで向こう側へ助けにも行けないから、すぐに奪い返されてしまうわ。この戦で土地を得たとしても、いつか土地を取り返してやると相手の士気を上げるだけで、こっちには損害しか残らない」

そう言って、翠玉は川の場所をトントンと細い指で叩く。帝都を出る前には、陽香らによって毎日磨かれ艶やかだった爪や肌も、翠玉自ら手入れなどしようはずもないため、随分とカサついて、武人の手になってきている。

「土地が欲しいなら中途半端はだめ、しっかり攻め込まなきゃね。でも、今この国にそこまで長い期間侵略戦争をして、雨季になっても攻め込まれないくらいの規模の街を作り上げるほどのお金や余裕はある？」

「いや、ないな」

実際の政に関わっていない冬隼でも、今自国にそこまでの余裕はないだろう事は分かる。それよりも優先したい事は山ほどあるはずだ。

「そうよね。だから土地を取る事は私はオススメしないわ。国境線を変えなくても、相手にここが私達にとって不利な地形ではないと印象づける事は可能よ。むしろ、国境はこのままの方が私達には有利だから変えない方がいい。私が提案した今回の作戦は、相手にもう金輪際攻めたくないと思わせるにはもってこいでしょう？」

ふふふと、楽し気に微笑まれ、冬隼は少し背筋が寒くなった。

数日前の「自分の策で大丈夫なのだろうか」と不安になっていた愁傷《しゅうしょう》な女とは全く別人ではないか。

「中途半端に火種《ひだね》を残すより、火種《ひだね》をおこす気にすらならないようにさせればいい、そういうことですか」

　感心したように泰誠が唸る。

「簡単に言えばね！　もともとこの地は、川のせいで戦いづらかったから、我が国も避けたい戦場だったでしょう？　でも、それが武器になるなら」

　そこまで聞いて、翠玉をじっと見つめると、勝気な瞳が、すぐに冬隼の視線を捕らえる。

「お前、また何かを見つけて来たな」

　翠玉の表情が、何かイタズラを思いついた子供のようにほころんだ。

「まぁね。実際の地形を見るまで半信半疑だったけど、いいものを見つけたの。これは使えるわ」

◆

　最初の衝突は翌日の正午。左翼の川下付近で起こった。

　しかし、互いに小手調べ程度で、他に大きく飛び火はしなかった。拮抗《きっこう》したまま日暮れを迎え、双方共に引いていった。そんな様子見の戦闘が三日続いた。

「なかなか本格的には始まらないものなのね～」

日が沈みかけた夕刻、野営のための幕を張る兵達と、砂塵《さじん》が舞う戦場の際を、無月に揺られながら、隣を同じように馬に揺られて歩く蒼雲《そううん》にこぼす。

「相手は、こちらが何か仕掛けてくる事をとにかく警戒してるんですよ。押せば押す、引けば引くの繰り返しで、戦術もなにもありません。やりがいがなさすぎて後半はこちらから仕掛ける事すらやめましたよ」

興醒めだと蒼雲もため息を漏らす。

「まぁ、あの落ちこぼれ坊ちゃん達の練習には丁度いいんだけどねぇ」

自ら訓練を付けていた兵達の事を思い、つい本音を零す。翠玉が指導するようになって少しはマシになったものの、彼らはまだ戦力としては足りていない。

「とりあえず、戦場から逃げなくなっただけマシってところですけどね。どうされます？　顔を出して激励でもされます？」

蒼雲の勧めに首を横にふる。

「遠慮しとく、今回は表向きは旦那にくっついてきただけの妻だし」

ただでさえ弱い落ちこぼれ達だ、捕虜《ほりょ》になる可能性だって十分ある。そうなった時、意志の弱い彼らが、翠玉の事を隠せるはずがない。

「でも、相手がなかなか動かないのは困るわね。こちらの思うところまで来てくれないと、次の手が出せないもの」

川の方向を見る。乾季に入っているとはいえ、水量はまだ少しばかりはある。

「奥方様の策で作った貯水池《ちょすいち》も、あまり長い時間は持ちませんからね」

つられて川を見た蒼雲も、頷く。実際にあらかじめ地形を見て色々進めたのは彼である。翠玉同様、この作戦の責任を負っているのだ。

「今の貯水率がどれくらいか、明日ちょっと貯水池《ちょすいち》を見てこようかしら」

「え？　奥方様がですか？」

翠玉の呟きに、蒼雲が目を剥く。

「そんな山道じゃないのでしょ？　ちゃんと冬隼に許可取ってから行くわよ～」

「やぁ～ねぇ」と手を振って心配がない事を告げる。そのまま馬を進めて、蒼雲に背を向ける。

「今自由に動けるのは私だけだしね。戻ってきたらまた報告するわ」

ヒラヒラと手を振って、左翼の陣営を後にした。

「何か、あの人だとタダじゃあ終わらない気がするんだよなぁ」

翠玉がいなくなった後、ボソリと蒼雲が呟いた言葉を耳にした者は誰もいなかった。

◇

「ここから、木の根が出ている箇所がございますので、お気をつけください」

先導する兵に続きながら、地面をしっかりと踏みしめる。

朝日が昇り始め、うっすらと明るくなって来たとはいえ、木の根だけでなく、枯葉や小石もあり、薄暗い中を歩くのは慣れないと少々難儀だ。一歩一歩確実に踏みしめながら、ゆっくりと進んで行く。

翠玉達の一行は本陣より少し川沿いを北に登っている。翠玉の前後には双子の護衛が付くが、彼らもなかなか足元がおぼつかない。

昨晩、貯水池《ちょすいち》を見に行きたい旨を伝えると、冬隼はなんとも言えない渋い顔をしていた。即座に「ダメだ!」と言われると思ったのだが、しばらく考えて、護衛と案内をきちんとつける事、昼過ぎまでには戻る事を命じ、大きなため息をついていた。どうやら、翠玉の発言は彼の予測の範囲内だったらしい。諦め交じりといったところだろう。

夜に歩けば松明《たいまつ》の明かりで敵陣に貯水池《ちょすいち》の存在が勘付かれる可能性があるため、出発は夜明けを待ってからになった。

案内の兵の話では目的の場所は半日あれば行き来は容易にできるとの事だ。いくら冬隼が指揮を執っているとはいえ、戦況の変化はいつ起こるか分からない。翠玉が本陣を留守にするのも半日が限界だ。

できるだけ早く戻れるに越した事はないが、翠玉には一つ懸念事があった。チラリと斜面の下方を見る。

「水量って毎年この時期こんなにあるものなのかしら？」

眼下の川を睨みつける。予測より、水量が多い気がするのだ。

「今年は上流の方の雨季が少し長引いたようですね。貯水池《ちょすいち》の水量がどうしても多くなってしまうので、少しずつ放出しております」

「何かお気になる事が？」と案内役に問われ、「いや、大丈夫よ」と微笑みを返す。

内心では、参ったなぁとため息を漏らしたかった。ひょっとすると、これほど大規模に準備をした作戦が無に帰する可能性が出てきた。

川に水量があると、敵軍は思ったように動いてくれないかもしれない。それだけでなく、川の様子を見に貯水池《ちょすいち》の近くまで来てしまう可能性があるのだ。

万が一貯水池《ちょすいち》の存在がばれてしまったら、翠玉の作戦は八方塞がりになってしまう。

これは、また違う策も考えねばならないかもしれない。限られた時間の中で果たして自分にそれができるだろうか。考えを巡らしながらもう一度川を眺め、更に上流へ視線を移して……

「止まって！　伏せなさい！」

咄嗟に、厳しい声を上げ、前後にいた楽と樂の手を引く。案内役達も、染み付いた反射神経でそれに従ってくれた。

「いかがされました？」

伏せたままの姿で、楽がこちらを窺う。全員が厳しい表情で翠玉を見つめている。

「もう少し上流に、人影があるわ、それも数人」

潜めた声で、早口で説明をすると、顎でそちらを指す。

遥か上流の沢を観察するように立つ人影を、翠玉は捉えていた。遠目にも、彼らの格好は翠玉が一番警戒していたそれに酷似している。

「敵軍の兵ですね。なぜこのような所に」

恐る恐る様子を窺った案内役が、確信をくれた。

「遅かったか～」

大きく息を吐いて、天を仰ぐ。

全員の視線がどういう事かと、翠玉を見つめた。

「奴らは川が干上がるのがいつか、確認に来たのよ。いつ本格的に仕掛けようかって。水量が減ったその時が、お互いに動きだすタイミングだもの。多分このまま上流の様子を見に行って、最終的には私達が作った貯水池《ちょすいち》を見つけるわね」

　翠玉の言葉に全員の表情が固まる。

「それって……」

「そ！　作戦も何もかもパーよ！　しかも今彼らを止めに入ったら、時間稼ぎはできるけれど……なぜこんなところに兵が配置されているのかって、敵軍に余計な疑念を持たれるわ。そうなってもきっと、この作戦は捨てなきゃいけなくなるわ」

　まさに八方塞がりだ。

「とりあえず、今すぐ本陣に報告を！」

　ワナワナと震えた案内役の兵が腰を上げかける。

「無駄よ！　間に合わないわ」

　ピシャリと言い放ち、留める。

「あまりやりたくない手だけど、背に腹は代えられないか……」

　唇を噛む。この場をうまく収め、翠玉が考えた作戦を予定通りに成功させるには、かなり危険性が高く……

　そして、どう転ぶか分からない博打《ばくち》のような手を打つしかない。

　しかし……

「やらないよりマシよね」

そう呟くと、全員に近くに集まるよう手招きをする。

「それはなりません！」

「おやめください！」

「何をお考えですか⁉」

翠玉が考えた博打《ばくち》のような一手の内容を聞くと、一斉に抗議の声が上がる。

「これしか方法がないわ！　大丈夫よ」

一瞬、翠玉の脳裏に冬隼の顔が浮かんだ。彼は自分の選択にどこまで信頼を置いてくれるだろうか。


案内役達のいる場所から離れた翠玉は、気配を消して少し離れた斜面を下り、ゆっくりと敵兵に近づく。数は五人ほどの男ばかりで思ったよりも少ない……ということは、どこか近くに仲間がいる可能性もある。

辺りを窺うが、気配はない。後ろに従えた楽に後ろ手に合図を送る。緊張した様子の楽が翠玉の前に出た。

男達に十分近づいたところで、楽が勢いよく茂みをかき分ける。

「何者だ⁉」

ガサリという音と、突然現れた人影に、男達の持つ武器が一斉にこちらに向いた。格好から間違いなく敵軍の兵である事を視認する。

ヒャッと声を上げて怯えたように楽が手を上げた。普段あまり表情を変えない割に、意外と演技が上手いわね……と密かに感心しつつ、翠玉も、驚いた表情で男達を見る。

「女？」

「もう一人いるぞ！」

怪訝《けげん》な顔で男達が翠玉と楽の二人を取り囲む。野生動物や敵軍と対峙する事は覚悟していたとしても、まさかこのようなところで女に出くわすなど、想像もしていなかったに違いない。

「なぜこんなところに女が？」

「しかもなかなか高貴な身なりだ」

剣先を向けられたまま翠玉も楽に倣って手を上げる。取り囲む兵の一人が、警戒するように周囲の草を乱暴にかきわける。

「どうやらこの二人だけのようです！」

男達は他に仲間がいない事を確認すると、ジリジリと二人を包囲する輪を狭めた。

「なぜこのようなところに女が⁉」

思いがけない女二人の出現に困惑を隠せないでいるこの隙に、こちらの流れに持ち込んだ方がいい。

背筋を伸ばしてスッと楽の前に出る。

「そなたらは、緋尭国の兵か？　我は湖紅国禁軍将軍が妻、翠姫と申す」

男達の殺気に圧倒されないように胸を張り、凛とした声を張り上げる。

「湖紅の将軍の妻だと⁉」

男達が一斉に当惑したのが見て取れた。当然だろう、こんなところにいるなどと到底予測できない立場の人間だ。

怯みながらも、翠玉達への包囲が狭まる。俄かに信じがたい事を言う怪しい女達に、彼らの警戒が一層高まったのを感じとった。

「緋尭の兵ではないのか？」

翠玉はそれを感じていないように装い、腰の短剣を抜き取り、上官と思われる男に鞘ごと差し出す。

一瞬男達が低く身構えるも、剣を抜かないと分かると、ゆっくりと腰を上げた。

「驚きのあまり、口も利けぬか？」

男達をあざ笑うように微笑む。

「色々と事情があって湖紅軍より逃げておる。緋尭軍であれば保護を求めたいのだが、妾《わらわ》の間違いであったか？」

周囲を囲む男達が、息を呑むのが分かった。ひとまずこちらの気迫に飲まれてくれているようだ。

「いかにも、緋尭国が第三連隊隊長、環襄青《かんじょうせい》と申しまする。湖紅のご夫人がなぜこのようなところにいらっしゃる」

至極真っ当な質問をされる。さて……ここが翠玉の演技力の見せどころだ。

「夫にウンザリしたのよ！　何とか山を越えて祖国の清劉に帰る事はできないものかと思うていたのだけれど、ここでそなたらに出会えたのは好都合」

フンッと吐き捨てるように答えて、顎の角度をわずかに上げる。できるだけ高飛《たかび》車《しゃ》に見える態度がいいだろう。

「貴国の保護で妾を祖国まで送ってはくれまいか？　清劉に恩を売れるゆえ、貴国にとっても悪い話ではなかろう？」

笑みを浮かべ男達を見回す。

「ど……どちらにせよ、こちらでお会いした以上、あなた方をそのままにはできませぬ。陣へ戻り、主にお通しいたしましょう」

しどろもどろになりつつ環隊長が頷く。

「いたぞ‼」

「奥方様！」

すると、後方からガサガサと草木を派手にかき分ける音と共に、男数人の声が響く。

こちらは樂と護衛達だ。何だかんだ反対していたが、しっかりと仕事はしてくれるらしい。頃合いは完璧だった。

「追っ手か！　しつこい！」

思わず笑みそうになった表情を、何とか歪めて。チッと舌打ちをする。

「湖紅の兵か‼」

途端に緋尭の兵が殺気立つ。

「これは！　緋尭軍ではないか！　奥方様お離れください！」

樂達が、緋尭軍に気がついたように足を止める。なかなかのいい演技だ。

ピー。

案内役の一人が、あたかも一緒に捜索している仲間を呼ぶように指笛を鳴らす。

「チッ、敵陣に近すぎる！　ここは一旦退却だ‼　ご夫人方、ひとまずこちらへ！」

案の定、隊長はすぐに退却の指示を出し、翠玉達をかばうように、元来た茂みの方へ後退を始めた。

翠玉達の前に三人の男が出てきて、追い縋ろうとしているように見せかけている樂達を牽制するため、弓を放った。

「奥方様!!」

茂みに入り、視界から消えると樂の悲痛な声が響いたが、これは演技ではないだろう。すまないが、あとは無事に自陣に戻ってもらい、翠玉の意向を間違いなく冬隼に伝えてもらわねばならない。

とにかく、こうなってしまった以上は、機が熟すまで敵軍で上手く立ち回るしかない。

◇

敵の陣営へ入ると間もなく、ギラギラと煌びやかに装飾をあしらった駕籠《かご》が十人ほどの兵士と共にやってきた。

隊長の環が早々に部下を走らせ、状況を伝えたらしい。

無理もない、ここまでの道中、翠玉は「悪い道を歩きすぎて足が痛い」だのと、高貴なご婦人を気取って嫌というほどにボヤいたのだ。

駕籠《かご》に乗せられ、周囲を兵士に囲まれながら、それでも御簾越しに、敵陣の中の様子を確認していく。かなり陣営の深部まで連れていかれるらしい。隣に座る楽を見ると、本当に大丈夫なのかと不安げな視線を向けてくる。

大丈夫だと小さく頷いてやるが、楽の表情は晴れなかった。無理もない、ここは敵陣である。最前線どころの話ではない。

この戦では、翠玉は本陣の中の中枢の更に後方にいるだけのはずだったのだ。それがいきなり敵本陣ときた。

色々すっ飛ばしてきちゃったよね～。

心の中で舌を出す。あの場ではこうするしかなかったのだから致し方ない。今頃自陣では、冬隼達が慌てふためいているに違いない。

あーあ、冬隼、怒ってるよな～。

早朝、見送りの場で、「くれぐれも無茶をするな」としつこく言われてきたにもかかわらず、この結果だ。

彼はいったいどんな顔で、報告を聞くのだろうか……

「樂……ごめん！」

心の中で、報告をせねばならないという可哀想な役回りを託してしまった樂に手を合わせる。

翠玉と楽が誘われたのは、一際大きく豪華で目立つ天幕《てんまく》だった。中も予想と違わぬ、目を覆いたくなるほどの仰々しい装飾がされていた。

趣味悪すぎ！　絶対仲良くなれないわね。

内心そう思いながらも、促されるままこれまたギラギラと光沢を放つ幕をくぐる。予想通りすぎて笑える。幕の中には、恰幅《かっぷく》が良いと言うには表現が優しすぎるほど太った大柄な男が、これまた贅沢な作りの椅子に腰掛けていた。鋭い眼光に、顎に蓄えた黒々としたヒゲが何ともそれらしい風貌《ふうぼう》で、危うく口角が上がってしまいそうだった。

おそらくこの男が、現在幼い皇帝の摂政となっている叔父であろう。翠玉達の後方から、側近であろう一人の若い男が入室し、恰幅《かっぷく》の良い男に一言二言耳打ちをする。

「結構」

男は神妙な顔でそれを聞くと、側近に手で払う仕草をする。おそらく、すでに捕まっている湖紅軍の捕虜《ほりょ》を脅して、本当に翠玉達が申告している身分の者であるかどうかの確認をさせたのだろう。

「ようこそおいでくださいました。湖紅の奥方様」

側近の退室を認めると男は立ち上がり、ゆっくりと重そうな動作で翠玉へ近づいてくる。

「緋尭国で摂政と将軍職を兼任しております。尭雅浪《ぎょうがろう》と申しまする」

深々と丁寧な礼をとりつつも、上から下まで舐め回すように翠玉を観察していた。

「湖紅国、禁軍将軍が妻、劉翠玉と申します。湖紅とは縁を切りとうございますゆえ、どうぞ翠姫とお呼びくださいませ。後ろに控えるは私の世話役の楽にございます。将軍殿におかれましては、この度の急な要請にご対応いただきまして、感謝申し上げます」

特段気にしていない風を装い、翠玉も形式的な礼をとった。

さて、ここからが勝負だ。

翠玉は目の前の男に気づかれないよう、そっと手を握りしめた。

◆

皇弟であり総大将の妻とはまた……尭雅浪は、目の前の小娘を品定めするように眺めると、内心ほくそ笑んだ。

「もう、あの浮気者には愛想《あいそ》がつきました。この私を踏みにじり、あんな女を通わせるなど腹立たしい。祖国に戻り、あの浮気者の事を兄王にお伝えしなければと思っております。どうか、戦の後で構いませんゆえ、貴国からの正規の道のりで私を清劉へお返しいただけないでしょうか？」

いかにも気位の高そうな女は、夫であった敵軍の将軍に随分と怒っている。

女の話を聞いて推し量るに、将軍である夫について戦場まで来たが、そこで夫が部下と親密な関係になっている事を知ってしまったらしい。

気位の高い姫だ、相手が自分よりも身分の低い女で、しかも夫との関係が長い事を知り、矜持《きょうじ》を傷つけられたのだろう。

やれやれ、戦さ場に妻を伴った挙句、痴話喧嘩《ちわげんか》とは、敵の将軍も青いものだ。結局女に首を絞められているのだから世話がない。

「もちろんでございます。ご夫人が単独で山を越えるなど危険極まりない事にございます。必ずや、緋尭国の客人としてお届けいたしましょう」

大仰に頷いてやると、目の前の娘は満足げに微笑んだ。これを機に二国がもめ出すならば好都合である。

しかも皇女を届ける事で清劉国に貸しができ、国交を結ぶ機会ができる。図らずも馬鹿な女が舞い込んできた緋尭にとって、これはまたとない機会である。

◆

「申し訳ございません!!」

地べたに額を擦り付けんばかりの樂を見下ろしながら、冬隼は唖然とした。

「自分から、敵軍に保護を求めただと？」

「それは、あくまでも奥方様の策にございます。あの場ではどうする事もできず……しかし、やはりお止めするべきでございました！」

泣き出しそうな樂の声が悲痛に響く。その場にいる将軍の面々は一様に頭を抱えた。

最初に口を開いたのは泰誠だった。

「つまり、貯水池《ちょすいち》に向かいそうな敵を見つけたけれど、手を出せばこちらがそこに何かを隠している事が分かってしまうし、放っておいても見つかってしまう。八方塞がりになった奥方が出した案が、家出妻とそれを追う兵がたまたま敵と遭遇した体《てい》を装うという事か」

整理するように呟くと、冬隼に視線を送る。

「とりあえず、今すぐ貯水池《ちょすいち》の下流に見張りをつけましょう。奥方を追った兵が自陣の近くで敵を確認したのであれば、見張りを置いていても違和感はありません」

泰誠の言葉に、冬隼は大きくため息をつき、額に手を当てる。

「あぁそうだな、頼む。全く……何を考えているんだ、アイツは」

そして足元にひれ伏す樂を見る。

「顔を上げろ。咄嗟に翠玉が取った行動だ。お前に非はない」

自分がいても止められたかどうか、否、力尽くで止めただろうが。しかしそうなったら作戦は頓挫《とんざ》した可能性が高い。

「どうされます？　奥方の引き渡し交渉をしてみますか？」

提案したのは蒼雲で、すぐに隣に立っている柳弦が頷く。

「一応やっておくに越した事はないでしょうな。ただ、奥方が敵軍にいる以上、こちらの作戦があちらに知られる可能性もありますな」

「この作戦を守るためにわざと捕まったのに、奥方が漏らす事などあるかしら？」

李梨の言葉に柳弦が咳払いをして、言いづらそうに視線を冬隼に向けた。

「確かに奥方のご身分ならば客人扱いの可能性はあります。ただ、相手次第では、ただの捕虜《ほりょ》扱いになる可能性もある。そうなれば、将軍に近い場所にいた奥方からどんな手を使ってでも情報を引き出そうとするでしょう。場合によっては手荒い方法で作戦を聞き出される場合も」

ドカッと音を立てて、冬隼が椅子に腰掛ける。

まるで柳弦のその先の言葉を遮るような行動に、皆の視線が一様に冬隼に注がれた。

「とりあえず、相手の出方を見るしかない。今すぐに新たな策を練られるわけでもないしな。兵の配備も大方終わっている。あちらの出方を見た上で考える！」

言い切って、手振りで解散を告げる。

これ以上の意見は許さぬとの意思表示に、皆が天幕《てんまく》を出て行く。

正直、頭の中と、気持ちの整理をつける時間が欲しかった。

そうでなければ、今にでも兵を引き連れて敵軍本陣に突っ込んでいくという無謀な指示を出してしまいそうだ。

◇

「参っていますね」

冬隼が自身の天幕《てんまく》に戻り息をつくと、共に入ってきた泰誠が気遣わしげに声をかけてきた。

「出ているか？」

深くため息をつくと目頭を押さえ、椅子にドサリと座り込む。

「多くの者は気づいていませんけどね」

泰誠は酒を取り出すと杯をこちらに差し出す。戦が始まってから夜襲に備えて酒は控えていたが、今日ばかりは素直に受け取った。

少しくらい酒を入れなければ眠れないだろう。一杯だけだ。

泰誠も自分の分を注ぐと、脇に置かれたもう一つの簡易的な椅子に腰掛ける。

「まだ、本調子ではない。無理をしていないといいのだが」

「奥方の場合、大人しく人質になっているなんて事はなさそうですしね」

「なぜこうも突飛な行動を取るのか……あいつは」

酒を一口飲む……今夜はこればかりでは酔えそうにない。

翠玉はここ数日、随分と元気に動き回ってはいたものの、それでも時々顔色が悪い事があった。あまり無理をさせずに救出したいが、おそらく彼女は敵陣の最奥にいるだろう。

完全に攻め込まねば救出は困難な上、そうなれば彼女も戦闘の真っ只中に置かれる事になる。

嫌でも以前の襲撃にあった際の姿を思い出す。

迫る刃に生を諦めたような横顔。今でも鮮明に脳裏に焼き付いて離れない。

もし、戦場の真っ只中でまたあのような状況に陥ったら……

翠玉であれば、こちらの足手まといになりたくないと、命を投げ出すのではないか。

嫌な考えが浮かんで、打ち消すように杯を一気に傾けた。

「将の中には、奥方を信じて良いのか、策を変更したらどうかと言っている者もいます」

杯をもてあそびながら、泰誠はこちらを窺うように見る。おそらくここに来るまでに一部の者達から進言されているのだろう。

「翠玉が裏切る事はないと俺は思う。策はなるべくこのままで行きたいが、策が成功した時にアイツが巻き添えになる可能性がある事が心配だ」

「あくまでも奥方を信じられるのですね？」

念を押すように問われ天幕《てんまく》の片隅に視線を向ける。

「信じるさ！」

そこに積まれているのは翠玉の身の回りのものだ。早朝、貯水池《ちょすいち》に出発する際に準備をしたままの状態で、戻らぬ主人を待っている。

「何だか、お一人いらっしゃらないだけで、随分寂しいですね」

泰誠の言葉に、驚いて彼を見る。思わず自分の心の声が漏れてしまったのだと思ったのだ。

視線が合った泰誠が、含みを持たせたように口角を上げるのを見て、しまったと思ったがもう遅かった。本当にこの男には何でも見透かされていて、敵わない。

今朝まで当たり前のように、天幕《てんまく》の一角で戦場図を眺めブツブツ言ってみたり、チョロチョロ動き回ってみたり、茶を飲みながらぼんやりしてみたりしていた翠玉がいないというだけで、天幕《てんまく》の中が閑散としているように感じる。

「ようやく、手元にいて回復も見込めて安堵《あんど》できたと思ったら、また手の届かんところに行ってしまったな」

思い出すのは、瀕死《ひんし》の翠玉を置いて一人遠方に向かったあの時の、もどかしさと、やるせなさ。とにかく無事でいて欲しいと願う事しかできない自分の無力さ。

今回も、結局は翠玉を信じて、自分のできる事をやるしかないらしい。

◆

「奥方様の気位の高い女性のお手本って……」

翠玉のために用意された天幕《てんまく》は、それは豪華なものだった。あまりにギラギラしていて全く落ち着かない。

翠玉の髪を梳きながら楽が苦笑する。

「劉妃よ！　私の中で気位の高いワガママ女の象徴ね。あんな姉でもこんな時に役に立つなんてね～」

「とてもお上手でした」

「それ褒められてもね～」

至近距離でヒソヒソと話しながら、くすくすと笑い合う。客人待遇とはいえ、外に見張りも付いているため、あまり大きな声では話せない。

「あちらは大丈夫でしょうか？」

「どうなってるかしらね。とりあえず、作戦が継続されていたらいいけど、私がこちらにいるからね～」

「変更される場合もありますか？」

「こればかりは、冬隼が私の事をどこまで信頼してくれているか次第よね～。うーん、何かそう考えると、自信ないわぁ～」

ハハハと乾いた笑いが出る。

「とりあえず、あちらが身動き取れないと困るし、簡単に私の意向は伝えておこうかな」

「何か方法があるんですか？」

楽の問いに翠玉は不敵に微笑む。

「普通のやり方でね。まぁ、できるかどうかはやってみないと分からないけど！」

◇

翌朝、目を覚ました時、ここはどこだったかな？　と翠玉は一瞬考えた。

未だ嘗《かつ》て、目覚め一発目の視界に、これほど派手やかな色が一気に入ってきた事がなかったため軽く混乱した。

「この天井にはいつまでたっても慣れそうにないわね」

身支度をしながら手伝いをする楽にこぼすと……

「まずこんな天幕《てんまく》がある事に驚きですね。こんな機会がなければ、生涯知る事もありませんでした」

楽は天井の模様が不気味に見えて、なかなか寝付けなかったらしい。朝から疲れた顔をしている。

「なぜ天幕《てんまく》に模様を描いて装飾を施そうとしたのか、本当に理解できないわよね」

帯を締めてもらいながら天井を仰ぐ。

赤や紫、金などの贅を尽くした色合いの塗料がガラガラとちりばめられ、目がチカチカしそうだ。

「ここで長く生活していたら、気がおかしくなりそうよね」

天幕《てんまく》を見上げ目を瞬かせる。視界全体が本当にうるさくてかなわない。

「左様にございますね」

「うん、決めた。さっさと片付けて、帰ろう」

これからの作戦に、新たなやる気が加わった時だった。天幕《てんまく》の外に見張りとは違う人の気配を感じた
「失礼いたします。将軍より使者として参りました。翠姫様にご協力いただきたい事がございまして、本陣までお越しいただきたいと申しております。身支度がお済みになりましたらで結構でございますゆえ、お声をおかけいただけますでしょうか」

天幕《てんまく》の外側から若い男の声が響く。おそらく昨日、将軍に耳打ちをしていた若い側近だろうか。

楽と顔を見合わせる。こちらから持ちかける手間が省けた。これは好都合と思わずニヤけると、楽も同じ表情をしていた。

尭雅浪の天幕《てんまく》へ案内されて入ると、屈強な男達が整然と並んでいた。いずれも鋭い視線を翠玉に向け、厳しい顔つきをしている。おそらく、緋尭軍の中核となっている面々であろう。

「おはようございます。昨晩はよく眠れましたでしょうか？」

翠玉の姿を認めると、昨日と同じ椅子に腰掛けていた尭雅浪が立ち上がり、恭しく礼をとった。

「戦場とは思えないほど快適です。将軍の心からのおもてなしに感謝いたしますわ」

翠玉も礼を返し、周りの面々に視線を向ける。

「緋尭軍にも屈強な御仁が沢山おりますのね？」

見回した男達がそれぞれわずかに、緊張を含み表情を変える。彼らはおそらく、敵国から来た女を見極めるつもりで集められているに違いない。

一人、一番年若いであろう、精悍《せいかん》な顔つきの青年と目が合う。まだまだ若い。探るような視線が隠しきれていない。

「湖紅軍の精鋭と比べていかがでしょうな？　我が国の男達は非常に勇敢でございます」

尭雅浪は上機嫌に頷くと、自身の座っていた椅子とは別の椅子に座るよう翠玉を手振りで誘う。

「まこと、そのようでございますね。素敵な殿方ばかり」

椅子に腰掛けながら、あえて物色するように彼らを眺め回す。年若い青年は居心地悪そうに視線を逸らし、ほんのわずかに身じろぎした。

それを認め、翠玉は妖艶《ようえん》に笑ってみせる。

普段そんな表情をした事がないため、あくまでも翠玉なりに……だが。しかし効果は抜群だったようだ。隣に座った尭雅浪が、ほほぅと心得顔で頷く。

「翠姫殿は屈強な男がお好みですかな?」

「強い男が嫌いな女子はおりませんわ」

「戦が終わるまで退屈でございましょう。幾人かお話し相手の若い者をご用意いたしましょうか?」

「あら、それは楽しそう。退屈になった際にはお知らせいたしましょう」

ニコリと微笑む。

視界の端に、楽が顔をわずかに引きつらせるのが見えた。後で怒られるだろう。

そんな翠玉の内心など知りもせず、結構、結構と頷くと尭雅浪はわずかに居住まいを正す。

ようやく本題だ。

「さて、朝からお呼びしたのには、翠姫殿にお聞きしたい事がございましてな」

さりげなさを装っているのだろうが、全く装えていない口火の切り方である。

「何でしょう。私で分かる事でしたら良いのですが」

ニコリと微笑み、最大限寄り添う姿勢を見せてみる。

「翠姫殿はご主人と常に一緒におられたようですが、あちらの陣で何か見聞きされておりませんかな?」

予想外に単刀直入な質問に、思わずずっこけたくなるのを、堪える。

おいおい、あんたどれだけ焦ってるのよ！　普通もっとさりげなく探って来るでしょうが！

胸の内で盛大に突っ込みを入れて、しかし何とか笑顔だけは死守した。

これほどあからさまに聞いて来るという事は、それだけこちらを舐めているという事なのかもしれない。翠玉は、安易に作戦を漏らすような女に見えているという事だ。

少し俯いて、自嘲気味に微笑む。

「常にというわけではございませんが……そうねぇ軍議《ぐんぎ》の時以外はほぼ」

正確には軍議《ぐんぎ》の時こそ一緒だったのだが、流石にいくらなんでも素人《しろうと》の妻を連れて軍議《ぐんぎ》に出る夫はいないだろう。そう思ったのだが……

「左様ですか。軍議《ぐんぎ》には出られておらぬのですか……」

なぜか当てが外れたような顔をされた。

え、この人達の中で冬隼、どれだけ色ボケ将軍と思われているの？

確かに今回の戦は、翠玉は表向き夫に帯同《たいどう》して来た妻という体《てい》をとっているので、傍目にはいつも一緒にいるように思われているだろうが。

これって多分、捕虜《ほりょ》になった最前線の兵の証言から来ているのよね……

一般の兵からは冬隼はそう見えているのか、いやいや、それ兵の士気的に大丈夫なの？

偽装のためではあったが、いささかやりすぎたかもしれないな、と少し不安になる。

「戦の事は難しい事ばかりで、挙句その話になるといつも私は蚊帳《かや》の外だったので、知りたいとも思いませんでしたわ。お役に立てず申し訳ありません」

一般的に女子は、特に高貴な身分になればなるほど、そのような血なまぐさい事を敬遠する傾向にある。これは知らぬ存ぜぬを通しても全く不自然ではない。

しかし……餌《えさ》は撒《ま》いておこう。これこそが翠玉が緋尭軍の陣営にいるからこそできる、冬隼への最大の援護である。

「ただ、地形が難しいから何か策はないかと、戦の前より頭を悩ませておりました」

何も分からず申し訳ないと、小さく息をつく。この言葉に、途端に尭雅浪だけでなく周囲の男達にも緊張が走ったのが分かった。

掛かったわね！

翠玉は内心でほくそ笑んだ。

◆

敵国の将軍の妻であった女が退室すると、尭雅浪は側近から何やら書を受け取り、二、三言葉を交わすと、その書に目を通す。

一通り読み終えると、ふんっと鼻で笑い、一同を見渡す。

「さて、どう思う」

残った部下達に低く問う。

「身元も、紅将軍の妻で間違いないでしょう。数人の捕虜《ほりょ》が間違いないと言っていますから。国内でも常に夫と一緒で軍にも出入りしているらしいです」

見張りを担当させている側近の男が簡単に報告をすると、周囲から呆れたようなため息がこぼれる。

「紅冬隼といえば、皇弟ながら独身で武に秀でていると評判の男だったのだがな……」

「よくある事よ、女を覚えた途端に色恋に目覚めて落ちぶれるたちだったのだろう。あの姫の家出の原因も浮気だろう？」

「戦に連れてきた妻に敵軍へ情報を流されるなんて情けないな。俺ならば腹を切るぞ」

口々に、敵方の将軍の情けない状態をあざ笑う。

敵ではあるが、同じ男として武人として情けないものだと、その場にいた全員が同意する。

「しかしあの姫、気位の高い女ではあるが御しやすそうだ」

一人の将の言葉に、尭雅浪は鷹揚《おうよう》に頷く。

「地形的に不利だから策はないかと悩んでいたとな。そうであれば、今までの敵軍の動きにも合点がいく」

「こちらの動向をあちらも探っていたのでしょう。積極的に攻めてこない上、押したり引いたり、策がないからこちらの様子を見ていたという事でしょう」

「こちらは、相手方が何か策を講じていると思い様子を見ていたのだがな、考えすぎだったのかもしれんな」

皆一様に息を吐く。ここ数日の戦は無意味にお互い牽制し合っていただけだったのかもしれない。

地形的には自軍に利がある、ゆえに相手が何か策を講じているに決まっていると思っていたのだが……確かにあの地形で自分たちが相手の立場だったとしても、策が浮かぶかと聞かれれば、骨が折れる。

「しかし、あの姫が嘘を言っている事はないのでしょうか？」

一番年若い男が問う。それに対しフンと中年の上司が鼻をならす。

「そこまで頭のいい女にも見えないがな。着飾る事と、男の事しか頭になさそうではないか。あの短時間でお前なんぞしっかり狙われておったな。絶世の美女ではないが、なかなか悪くない見目の姫だ、お相手いただいたらどうだ？」

揶揄《やゆ》するように笑われ、若者はバツの悪そうな顔をする。

「妻を娶ったばかりですから、面倒事はごめんです」

中年の男達を中心に下品な笑いがもれる。

「冗談はさておき、あまり賢くはなさそうな姫だ。戦術もなにも分かっていないないだろうが、利用価値は高い。丁重に扱いつつ、今日一日は敵軍の出方を注意して見るべきかと」

ずっと静かに成り行きを見守っていた一番年配の男が、咳払いをして場を戻す。

皆、同意するように視線を尭雅浪に向ける。

「そうだな、このような状況で相手の出方が変わるかもしれん。ひとまず今日はこちらから状況を変えるのはやめておこう。どのように戦況が変化してもいいように、兵の配備は厚めにして、抜かるなよ！」

「「御意にございます」」

一同が一斉に礼をとる。

「して、昨晩姫がこちらに来てすぐ。敵軍より、姫の返還を求める書状が来ておりましたが、そちらはどうされるおつもりで？」

皆が退室する際、最後尾にいた年長の男が問う。問われた尭雅浪はフンと鼻を鳴らし、一枚の書を見せる。

「先ほど、あの娘がここに来る前に儂の側近に渡したものらしい。これをそのまま送りつけてやればいい。文官に確認させたが、暗号のような類のものはないそうだ。おそらく、この書状を読めば向こうは戦力を削がねばならなくなるからな」

受け取った男は、さらっとそれを読むと、呆れたようにため息をつく。

「女で国を滅ぼすとはまさにこの事ですな」

◆

「あのような妖艶《ようえん》な女の顔が出できるのであれば、日頃少しでも旦那様にお見せになったらいいのに」

天幕《てんまく》へ戻り、二人きりになると側に楽が寄ってきて呆れたように言うので、翠玉はハハハと乾いた笑いを漏らす。

予想通り、楽の関心はそちらの方に向いていたらしい。

一通り部屋の中を観察し、潜んでいる者がいないか気配を探ると、二人で額を突き合わせるようにしてしゃがみこみ、ヒソヒソと話し出す。

「どこの私よ！　冬隼、気持ち悪がるだけだと思うわよ」

「そんな事はございません！　きっとお喜びになります！」

「そんなんで喜ぶ冬隼、怖いわ！」

あの自分を冬隼に見せるのも嫌だが、それに冬隼がデレッとするなど、もっと嫌だ。

背筋がゾワリと寒くなる。考えただけで気持ち悪い。

「しかし、彼らは完全に奥方様の事をなめていますよね」

「なめさせとけばいいわ。それが一番動きやすいし、私とあなたの身も安全よ！」

「そうですね……。彼ら動き出しますかね？」

「まだね。多分今日明日は湖紅軍の出方を見るでしょうね。それで、あちらに何の策もないと確信が持てたら動き出すに違いないわ。……冬隼、彼らが動いたとして、どう目的地に誘い込むつもりかしらね？」

翠玉の読みでは、機はそう遠くない。こちらとしても、あまり長くここに身を置く事は避けたいところである。

どこからか、清劉での翠玉の立場や、皇帝との関係が漏れる危険もなくはないうえ、安全な場所にということで、戦場から遠ざけられる可能性もある。

おそらく冬隼もそれを考えて、行動してくるだろう。

「敵軍は、川を渡りますかね？」

「……渡ってくれるといいんだけどね。本当は、そこに合わせて水を完全に引きたかったわ。そのための貯水池《ちょすいち》だもの。とりあえず、きっかけは送ってみたけど、冬隼が上手く生かしきるかが問題よね。それ以前に、私が考えた作戦がまだ進行しているかにもよるけど！」

「未だ、あちらから返還要求もありませんしね。先ほどあちらに送るよう要請したお手紙はどのような事を書かれたんですか？」

楽に聞かれてニヤッと笑う。

「まぁ、馬鹿な女全開で送ってやったわ。これでこっちの意図が伝わるといいのだけど」

「送られないという事は、ないでしょうか？」

心配そうにつぶやく楽にふふふと笑ってやる。

「むしろ送った方が緋堯には好都合に事は運ぶから、その心配はないわ！」

◆

昨晩遅くに緋尭陣営に向かわせた使者が、次の日の朝の早い時間には一枚の文を携え戻ってきた。

「ご本人を確認する事はできませんでしたが、こちらを預かって参りました」

そう言って使者が差し出してきた文を受け取り、広げる。その場にいた将達が一斉に注目しているのが分かった。

「あなたの浮気性にはこりごりです。どうぞ李梨とよろしくなさったら？　私はこちらから祖国へ帰ります。どうなるかお分かりでしょう？　あなたはそのまま楽しみなされませ。さようなら」

読み終わった面々が一斉に李梨を見る。見られた李梨はブンブンと慌てて首を振って、内容を否定する。そんな中、「ブフッ」と泰誠が耐えかねたように噴き出した。

「奥方の字に間違いはありませんね。李梨の名を出していますから、間違いなく奥方が書いた書簡でしょう」

皆の視線が冬隼に注がれる。

「なるほど、あいつはあちらで上手く立ち回るつもりか。それに……」

冬隼の視線は山の下に見える敵陣を捉えている。ここから敵の本陣であろう場所は遠すぎて豆粒ほどにしか認識できない。

「心配はいらんようだ。とりあえず、このまま進める」

そう言うと戦場図の置かれた台に向かう。敵の碁石《ごいし》の集まりの中に、自軍を表す碁石《ごいし》を一つ置く。

「とりあえず今日は攻めるぞ。拮抗《きっこう》するくらいが理想だが、最悪どこか必死さを相手に感じさせられればいい。夕になったら中軍から五千、左右からも二千五百ずつ兵を後方に下げ、敵の目に入らない山の裏で待機をさせる」

いくつか碁石《ごいし》を操作する音がカチカチと部屋に響く。

「一万も⁉」と将軍達の中から抗議とも取れる声が上がる。

「烈《れつ》、いるか？」

低く呼ぶ。その場にいた皆が、部屋の中を見回す。

「こちらに」

天井より楽しげな烈の声が降ってきた。

今日は上にいたのかと一同が仰ぎ見るが、気配はあるものの烈の姿は確認できない。

「今夜、敵陣へ文を届けてくれ。出来たらあいつの様子も確認したい」

「承知」

短く言葉が降りてきて、天井から気配が消えた。

「兵力を一万も減らしてどうされるおつもりで？　このまま作戦を続行されるという事でよろしいのでしょうか？」

柳弦が意図を測りかねるといった様子で、冬隼に近づき手元の戦場図を覗き込む。そして息を呑んだ。

「そうだ。あいつ、敵陣にいながらこちらに指示をして来た。まったく、恐ろしい女だ」

先ほどまでの険しい表情から一転、楽しげに笑んでいる冬隼に、一同が息を呑んだ。

◆

昨日までと同じように、今日も小さな衝突から戦が始まった。

昨日と今日では、兵力や布陣には一切変化はないのだが、一人の女の存在で、本陣に近いところでは確実に状況が変化した。

どちらが先に動き出すかと思っていたが、先に動き出したのはどうやら敵陣である湖紅軍のようであった。

「左翼は押し返したが、右翼が少し心許ないな。差煌の隊を右翼に展開し、押し戻させろ」

「はっ！」

櫓《やぐら》の上から戦況を眺めながら、緋尭軍中軍の将軍である平猿煌《ひょうえんこう》は部下に指示を出す。昨日まではそれほど口を出す事もなく、ただ眺めている事が多かったが、今日は全く違った。

「奴ら、今日になって急に攻めてきましたね」

部下の言葉に頷く。

「何を目的にしているか測りかねるが、奴らもなかなか必死だ。昨日までの腑抜けた戦い方とは全く違う」

その理由には一人の女が関わっているのは間違いなく……今朝から敵方の交戦態度が分かりやすく変わったのだ。

「急激に押し込まれ、はじめはこちらも慌てて少し崩れましたが、すぐに持ち直しましたね。そろそろ元の位置まで前線を戻せたでしょう」

「そうだな。今日は前線を押し上げて少しでも敵陣に迫りたいところだ」

「湖紅も大軍と聞きますが、あまり大した事ありませんね」

別の部下が他の櫓《やぐら》へ旗で合図を出しながら言う。

そりゃあいくら大軍でも、指揮官があんな状態ではダメだろうな。と猿煌は内心ため息をつく。

今朝までのあの姫の状況と話を聞く限り、相手方の指揮官の素質は酷いの一言だ。よくあのような姫を戦場に連れてきたものだと呆れてしまう。

戦とは数も重要だが、それ以上に指揮官の器が大切なのだと猿煌は思っている。その証拠に緋尭軍は、不意打ちのように勢いよく攻められて後退したにもかかわらず、少し落ち着いて立て直せばすぐに前線を元の位置まで戻す事ができた。

戦いの中で、敵方の持続性のなさや勢いに乗り切れない様子が有り有りと見て取れた。これは指揮系統が上手く機能できていない証拠だ。

相手が無策であるならば、明日辺りこちらから一気に力押ししても十分勝てるのではないだろうか。そんな事を考えていると。

「失礼いたします」

本陣からの伝令が突如櫓《やぐら》に顔を出す。本陣から何かが来るなど余程の事だろう。

「どうした」

「それが、あの……将軍に殿下からのお願いがございまして……」

殿下とは、この戦の総指揮をとっている尭雅浪の事である。

伝令役はなぜか、言いづらそうにしている。

「殿下からお願い？」

「それがあの……」

どう説明しようかと困る伝令役に、はっきり申せと一喝しようかと思ったところ。

「お邪魔させていただくわよ」

あまりにもその場にそぐわない格好の女が出現し、その場の一同がポカンとした。

朝とはまた違うヒラヒラキラキラした、どこからどう見ても贅を尽くした生地の衣装に身を包み、戦場に似つかわしくないプンプンと甘ったるい香りをさせた女が、櫓《やぐら》へ上がって来たではないか。

「あら、こちらの眺めはこうなっているのねぇ。これはこれで景色が良いわね」

女は辺りを見回すと満足そうに声を上げる。

「翠姫殿、なぜこのようなところへ！」

突然の女の来訪に、猿煌だけでなく、彼女に免疫のない部下達は硬直している。

「恐れながら、姫様が退屈だと仰せられ、何でも、櫓《やぐら》の上がお好きであると言われたので、殿下が将軍の元なら安全であろうとご判断され、ご案内いたしました」

ようやく説明の言葉が見つかった伝令役がかいつまんで説明をした。

要は、客人のご機嫌とりをしろという事だ。

「なぜ、姫様が櫓《やぐら》など……」

「高くからの景色は美しいではありませんか？」

何ともにこやかに、簡単な答えが返ってきた。

こちらは戦の真っ只中だというのに、どれだけ空気が読めず、危機感のない女なのだろう。いや、その感覚を持ち合わせているのなら、夫婦喧嘩の末に敵軍に保護を求めたりはしないのだが。

「景色を見に来ただけですから、気になさらず。お仕事をなさって」

シラッと言い置いて、女は縁に手をかけて、景色を眺め出す。

おそらく、あちらにいた時に何度か櫓《やぐら》に上げてもらい、味をしめているのだろう。

やりにくい事この上ない。

しばらく、やりにくいながらも戦況を眺めていると、すぐに飽きたようで、一緒にきた案内役に部屋へ戻ると言い出した。

「綺麗な景色を見たかったのだけど、この時間はダメね。血なまぐさい」

夕日の沈む頃また案内するよう案内役に要求して、梯子《はしご》が下りづらいと文句を言いながら下りて行った。

やれやれとため息をつく。

自国にとっては、東の大国と関係を持つための足がかりになる、とても重要な人物だ。機嫌を損ねず客人扱いしなければならないから難しい。

「全く、戦の最中に、高貴な方は良い気なもんですね」

「櫓《やぐら》は綺麗な景色を見られるところと思っている事に驚きですね」

側にいた部下達からも口々に文句が出ていた。

どうせ、夫に夕日や朝日を櫓《やぐら》に上げて見せてもらっていたのだろう。

視界の端に湖紅軍が後退していくのが見える。情けない指揮官の元にいる敵軍兵士達にいささか同情を覚えた。

◆

日暮れと同時に、冬隼は兵を下げた。戦場図を眺めると、今朝方の場所より緋尭軍の碁石《ごいし》が少しばかり、こちらの陣営に迫ってきている。

「思った以上に上手くいきましたね」

最前線に出ていたらしく、土埃まみれの李梨が入室してきた。

「あぁ、上出来だ！　流石お前と柳弦だな」

「自然な流れすぎて、本当に危ういんじゃないのかと思うくらいだったよ」

冬隼と泰誠が、それぞれ賞賛する。

「恐れ入ります」

側に控えていた柳弦が平然と返答した。彼らにとってこれくらいの事は造作も無い事なのだ。

こちらが攻め込み、機を掴めずに逆に少し後退したように見せかける事が狙いであったが。敵軍の様子から見ても、上手く騙せているようだ。

「いささか上手くいきすぎている気もしますがな」

ため息交じりに懸念する声が柳弦から上がる。思慮深い彼らしい考察だ。歴戦の男であるがゆえに、どこまでも気は緩めるなと、若い指揮官達に釘を刺す事も忘れない。

頼もしい部下の存在に冬隼の口元が緩む。

「柳弦の言う通りだな。あちらも何か策があって、乗ってきたのやもしれん。もしくは……」

そう言って、手元にあった文を開く。

「敵地に送った伏兵《ふくへい》が、随分都合のいい印象操作をしてくれているのかもな」

見慣れた女性らしい文字を追う。怒りと、別れを告げる内容であるのに朝から幾度かこれを見返して、笑いが止まらないのだ。

眼下の戦場を見下ろすと、川を挟んだ更に奥に、小さな茶色の天幕《てんまく》群が見えた。夕に向けて松明《たいまつ》が焚かれ始め、ほのかな明かりが天幕《てんまく》群を照らしている。

櫓《やぐら》だろうか。天幕《てんまく》よりは高い位置に火が灯っているのが、ふと冬隼の目についた。他の櫓《やぐら》にはまだ火は灯されていないのだが、相手側の指揮官ないし、上位の者が櫓《やぐら》からこちらを眺めているのだろうか。

流石に遠すぎて、どのような者がいるのかまでは、確認する事はできない。しかし、この頃合いであれば好都合ではある。こちらの動きが正確に相手に伝わればいいが。

「失礼いたします。孫将軍より伝令。撤収部隊の準備が整いましたので、これより後方へ移動を行います！」

小屋の扉が開き、入り口で礼をとった伝令の男が声高に伝える。

「ご苦労」

労いと共に下がるよう伝えると、また視線を敵陣の天幕《てんまく》群に戻す。

「いい頃合いだ」

◆

「やはりこの時間が一番綺麗ねぇ！」

櫓《やぐら》の上に再び立つと、翠玉は感嘆の声を上げる。

「まことに美しい景色ね。そう思わない楽？」

「はい、ほんに美しい景色でございますね姫様！」

楽も同調する。日が落ち始め、眼下の平原は夕日に照らされ、紅く染まっている。

戦いは日暮れに合わせて、両軍が退却した。

結局、今日のところは激しくぶつかり合っただけで前線も変わる事なく、お互いが疲弊しただけで終わった。この状況が続くならば、消耗戦になってゆくだろう。

両軍共にそんな考えがよぎり出している頃だ。

日中翠玉は散歩と称して、気まぐれに陣営の周りを歩きながら、そんな空気を感じていた。

早めに片をつけたいわよね～。

思いつきで昼間に櫓《やぐら》に登りたいと言ってみたら、すんなり受け入れられたので、戦況を確認してみたのだが。自分の意図は冬隼に伝わっているのだろうと確信が持てた。

自陣の山の上を見る。今頃あの場で冬隼は何を考えているのだろう。ここは敵陣の最奥であるがゆえ、あちら側の些細な動きまでは目視で確認できない。

しかし、今櫓《やぐら》に上がったのはそれが目的ではない。

川の水が……狙い通り少なくなり始めている。

おそらく、冬隼は近々作戦を決行するだろう。

「おい、あれって隊列じゃないか?」

その時、見張りを行なっていた兵の一人が声を上げる。反対側にいた翠玉は、そちらを瞬時に振り向きかけて、慌てて止めた。

「本当だ。よく見えないが、何でこんな時間に……」

「退却していくぞ⁉」

「奴らこの状況で兵力を減らすつもりか? どうして?」

そんなやり取りが背中側から聞こえてくる。ゆっくりとそちら側を見てみるが、凝視するわけにもいかないため、翠玉には視認できなかった。

ただ、冬隼には翠玉が書いた手紙の意味が正確に伝わったようだ。

「夕は冷えるわね、そろそろ戻りましょう」

櫓《やぐら》を一周し、ひとしきり景色を堪能すると櫓《やぐら》を下りたいと、見張り役の兵に伝える。

櫓《やぐら》の梯子《はしご》など、普段難なく下りているのだが、ぎこちなく恐々と下りているように見せかけなければならないため面倒だ。

「さて、将軍殿に夕餉《ゆうげ》に招かれていたわね。着替えて伺うとしましょうか」

翠玉は地に足をつけると、そう言って自分の天幕《てんまく》に向けて歩き出す。

見張り役は一瞬「え？」という顔をしたものの慌ててついてくる。この女また着替えるのか⁉　と思ったに違いない。

今日一日で翠玉の着替えは四度目だ。出かける度に衣装や装飾を全て変えている。翠玉にとっても、とても面倒ではあるが、なぜか尭雅浪が山のように衣装を手配してきたのだ。

しかも全てが派手で、一生翠玉が着ないようなものばかりだ。

とりあえず敵軍でも贅沢三昧しているように見せかけておこうと、事あるごとに着替える事にしている。

天幕《てんまく》に戻り、部屋の中を一通り点検し終えると、楽がせっせと着替えの手伝いにかかる。翠玉も自分で装飾を外しながら、至近距離で小さく会話する。

「動き出したわね」

「奥方様の読み通りでございましたね。流石は旦那様、あのお手紙からきちんと意図を読み取られましたね」

「ここからが正念場《しょうねんば》ね。あとは私達が上手くやらなきゃ」

唇を強く結ぶ。

翠玉の考えと冬隼の考えは、恐らく合致している。毎晩のように寝所で戦場図を共に眺め、話をしてきた成果だ。

お互いがどのように行動するか、何を狙っているのかが自然と分かっている。あとは自分達がどの頃合いで脱出するかにかかっているだろう。

しかしこれには少し懸念点もある。

「変な心配して、烈とかをよこさなきゃいいけどね……」

そう呟いた少し後……夕餉《ゆうげ》の前に使者が来ていると呼び出され、本陣の天幕《てんまく》に案内されて……そこにひれ伏した男の姿を見て思わず天を仰ぎそうになった。

「冬将軍付きの小姓《こしょう》、忠にございます」

武装を一切施さず、いかにも文官という装束に身を包んだ見覚えのある男。

ひれ伏した背中と頭だけでも分かる、烈だ。

大方翠玉の安否確認のためと、直接の謁見《えっけん》を申し込んできたのだろう。顔を上げて翠玉を見る。

「確かに奥方様とお見受けいたしました。主人より文を預かってきております」

そう言うと、懐から書簡を取り出し、こちらに差し出す。

「確認いたしましょう」

脇に控えていた文官が受け取り、目を通す。

「問題ないかと」

そう言って、尭雅浪に渡した。

「ふん」

尭雅浪はサラリと読むと、嘲笑を浮かべ、翠玉に差し出してきた。

「戦中に夫を困らせる妻など知らん、好きにしろ」

端的な内容に、思わず口元に笑みが浮かびかけて、慌てて引っ込めた。

グシャ。

誤魔化すように文を握りつぶすと、豪快に腕を振り上げ床に叩きつけた。脳裏に浮かぶのは、癇癪《かんしゃく》を起こした時の異母姉の姿だ。

「これだけのためにわざわざ使者をよこすとは！　いいでしょう。こちらからも伝言です。しかと主人に伝えなさい!!」

再度グシャッと音を立てて、地面に落ちた書簡を踏みにじると、烈が恐れおののいたように、さらに深く平伏する。

きっとその下の顔は、最大級に笑っているはずだ。肩の震えは恐怖からのものではないだろう。

「あなたは我が祖国、劉をも敵にした！　大好きな戦さ場で後悔するがいい！」

言い捨てると、天幕《てんまく》の出口へズカズカと進む。途中平伏する烈の横を通るが、できる限り睨み付ける。

「将軍。せっかくの夕餉《ゆうげ》のお誘いですが、興が醒めたゆえ失礼させていただきます」

一言だけ言い置いて、有無を言わせず天幕《てんまく》を後にする。後ろから楽と、護衛とは名ばかりの見張り役達が慌ててついてきた。

◆

「どうだった？」

同日の夜。

冬隼の予想以上に早く緋尭軍の陣営から戻ってきた烈を迎えると、急くようにすぐに本題に入る。まだ本陣には指揮官の面々が残っており、皆それぞれの仕事をしながら固唾《かたず》を呑んでいる。

膝を折り、礼をとった烈が神妙な面持ちの顔を上げる。

「ご報告申し上げます。奥方様ですが……ブッ！」

しかし、その顔も長く持たなかった。みるみるうちに、顔がにやけて、最後は噴き出した。

周囲の張り詰めた空気が一気に緩む。同時に冬隼も、がくりと首を垂れる。

「アイツはどんな様子だった？」

ため息と共に先を促す。

「いやぁ、なんというか、強烈でした。やはり、元皇女様でいらっしゃるだけあって、贅沢な衣装や装飾をつけられても、見劣りなさいませんでした」

まだ思い出し笑いが止まらないらしく、笑いを噛み殺しながら報告する。それだけで、周囲には何となく状況が察せられた。

「敵陣では客扱いか」

「はい。ご本人のできる限りで着飾っておいででした。振る舞いも、随分と高飛車《たかびしゃ》なご様子でしたよ。まるで姉君の真似でもなさっているかのように」

まさかそこに寄せてくるとはと、烈の中ではそれが一番ツボにハマったようだ。

冬隼も何となく、それを想像してしまい、苦虫を噛み潰したような顔をした。

「こちらの作戦は、上手く騙せているか？」

「間違いなく。敵の指揮官は、こちらを侮っているようにも見受けられました」

文を読んだ後の、尭雅浪の振る舞いを烈は見逃してはいなかった。

「翠玉、なかなかの演技者のようだな」

感心したような冬隼の言葉に烈も頷く。

「いや～迫真の演技でした。とりあえず伝言をお伝えいたします。あなたは、我が祖国、清劉をも敵にした！　だそうです」

後ろに控えていた泰誠が苦笑いと共に言った。室内の面々も同じような様子だ。

「あいつ、こちらの動きを知っているのか？　まぁいい、これで兵力を裂いた名分があちらにも明確に伝わったと言う事だ。遠慮なく動ける」

「左様にございますな」

黙って聞いていた柳弦が神妙な面持ちで頷く。

「奥方様を切り捨てる事によって、清劉国との間に軋轢《あつれき》が生じるのは必至。報復を見越して清劉国との国境の守りを固めるために、兵力を分散したと敵軍は考えるでしょう。これほどまでに、殿下と奥方様はお互いの思いを手に取るように分かっておられる事に、私は感服しております。しかし、二つ心に留めていただきたい事がございます」

厳しい視線を向けられ、冬隼は小さく頷く。

「聞こう」

「一つに、奥方様が敵に密かに利用されている可能性もあるという事でございます。こちらを侮っていると見せかけて、動向を探られているやもしれませぬ。奥方様を完全に信じた上での行動にはお気をつけなさいませ」

柳弦の言葉に冬隼は頷く。

「心に留めておこう」

　その言葉に柳弦も「結構でございます」と頷く。

「第二に、でございますが。どのような事がございましても、殿下が敵の本陣へ奥方様を救出に向かう事はおやめくださいませ。これこそ相手の罠の可能性がございます。総大将は本陣にて指揮を執るもの。奥方様の救出は、他の者にお任せ下さいませ」

　この言葉を聞いて、冬隼はつい複雑な表情をしてしまった。自分で行くつもりだったが、そう簡単には行かせてもらえなかったか。

　おそらく、幼い頃から武の指南役であった柳弦にも、その表情の意味する事は分かったのだろう。

「よろしいですね」

　念を押される。

「大丈夫だ、柳弦。分かっている」

　小さなため息と共に、諦めたように冬隼は頷く。ここまで先回りされては、忠告を呑むしかあるまい。

　算段では、機を見て泰誠に本陣を預け、どさくさに紛れて烈と最前線まで行くつもりだったのだが。

翠玉の事だ、随分と無理をしてめちゃくちゃな方法で脱出しようとする事も考えられる。まだ本調子ではない事が時々見てとれるために、心配だがしょうがない。

「とりあえず、明日は大きく戦況が動く。皆早く休んで備えよ」

冬隼は諦めたように解散を告げ、眼下に広がる戦場を一瞥《いちべつ》する。

この広い平原の向こうにいる妻は今どのような事を考えているのか。

柳弦には心に留めると言ったものの、実のところ翠玉の裏切りについては微塵も心配をしていない。

問題は……

「頼むから無茶をしてくれるなよ」

三章

勢いにまかせて、夕餉《ゆうげ》の誘いを辞したため、翠玉の夕食は天幕《てんまく》に運ばれてきた。

その膳を天幕《てんまく》の外で受け取った楽が、戻ってくるなり体を寄せてきた。外の見張りに聞かれたくない何かを伝えたいのだと理解して、翠玉は耳を寄せる。

「今しがた、敵の援軍が到着したのでしょうか？　何やら外は騒がしくしておりました」

「どういうこと？」

「旅装束に身を包んだ男達が三名ほど、本陣へ向かっていきました。身なりや様子からかなり位の高い者のように見えました」

見た事を生真面目に話し、楽が首をかしげる。

「緋尭の皇帝陛下というお年でもなさそうでしたが、随分と案内の者が丁寧に扱っていたので、少し違和感が……」

彼女の中で何がというわけでもないが、何らかの違和感をおぼえたという事らしい。

「丁寧に？」

「はい、高貴な方かもしくは客人か、そんなところでしょうか？」

とにかく、この緊迫する戦場には似つかわしくない者達であるということらしい。

「何かしら？　援軍なら、ちょっとまずいわ。本陣に向かったのね？」

天を仰ぐ。折角上手くいきそうなところに、得体の知れない何かが絡んできたようだ。

これは、確認する必要があるだろう。

しかし、あまりに性急に動くのもまずい。

面倒な席ではあるが、夕餉《ゆうげ》の席にいるべきであったと後悔の念が押し寄せる。戦局が明日にでも動くかもしれないこの時に……最悪だ。

烈はもう本陣に戻ってしまったであろう。もしまずい状況になっていても、もう伝えようがない。他でもなく、翠玉が先ほど苛烈に彼を突き放したのだ。

「最悪だわ……」

呟きながら、楽から膳を受け取る。懐から簪を抜き出して、膳の料理それぞれを突く。

これは染み付いた翠玉の習慣だ。

箸の先には何の変わりもない。要は毒が入っていないという事だ。それを静かにみとめると、ゆっくりと膳に箸をつける。

「とりあえず、膳を戻しに行くついでに、さり気なく様子を見てきて。あまり深く探らなくていいから、それとなく！」

しばらく考え込みながら食事をして、楽に命じる。

「はい」と楽から、生真面目な返事が返ってくる。彼女の表情も緊張で引きつっている。無理もない、ここまで彼女はよく翠玉に合わせてくれていると思う。

「大丈夫！　何もなくても、その先の策はあるから」

不敵に笑うと、立ち上がり、衣装棚を見渡す。

「ちょっと手荒いけどね！」

◆

「明日で勝負をかけるおつもりでいらっしゃると」

目の前で静かに杯を傾けながら言う異国装束の男に、尭雅浪は大仰に頷く。

「そのつもりです。間違いなく仕留められる自信がございます」

あのような腑抜けた連中、と心の中であざ笑う。

「何か策がおありのようですなぁ」

堯雅浪の確信を持った態度が、どうやら男の興味を引いたらしい。漆黒の瞳がキラリと光ったように見えた。

この男のこの瞳が苦手なのだと、堯雅浪は思う。何を考えているのか分からない上、こちらの考えを見透かされているような気がして落ち着かないのだ。

「まぁ、見ていてくだされればわかります。期待しておってください」

男の放つ得体の知れない空気を吹き飛ばすように、豪快に返す。男より自分の方が遥かに歳上だ。侮られるわけにはいかない。こちらの余裕を見せておかねばならない。

ただでさえ、この戦で緋堯国は……いや雅浪は試されているのだ。この男やその上の者達から。

男は杯を置くと、ゆったりとその場で簡単な礼をとる。

「それは友国としても頼もしい限りでございます。しかし、残念ながら我らは今夜のうちに陣営を失礼させていただきます。殿下のご雄姿を見届けられないのは非常に残念でございますが」

「なんと！　お泊りになるものと思っておりましたが。天幕《てんまく》も用意させていただきましたぞ」

「まことに失礼をいたします。今回は通りすがりに戦の激励のために友国として心ばかりの差し入れをお持ちしたまで。恥ずかしながら我が国は、まだ私が長く朝廷を留守にしている事ができぬ状況でございますゆえ」

「夜半《やはん》の移動は危険ですぞ！」

尭雅浪の言葉に、はじめて男が本心の入ったような笑みを浮かべる。

「困った事に我が主より、一刻も早く戻るようにとの命が再三届いておりますので」

困ったような、でも嬉しそうな笑みだ。

やはり噂通りなのだろう。尭雅浪は胸の内で少し前に耳にした、彼の国の状況を思い出す。

どこの朝廷も、舵《かじ》を取る者がいなくなると水面下で怪しげな動きを見せる者が出てくるのだ。王の威厳で抑えられる朝廷なんぞ、数少ない。肝心の王に能力がないのだ。どこの国も苦労しているのだ……

「ならば仕方ございませんな。くれぐれもよろしくお伝え下さい。必ずや良いご報告をさせていただきますとな」

尭雅浪は数度頷いて、手にしていた杯を持ち上げる。

「頼もしい限りです。殿下」

男も、倣って杯を持ち上げた。しかし二人がその酒を味わう事はできなかった。

「ご会談の中失礼いたします！」

突如、将軍の一人が天幕《てんまく》に入室してきた。伝令役にしては身分の高い将軍だ。彼が来たという事は、重大な機密に関わる内容だろう。

「何事だ」

客人を残し、天幕《てんまく》の外へ出る。

「清劉の姫君の天幕《てんまく》にてボヤ騒ぎがおきました」

「なんだと⁉ 姫はご無事か！」

想像していなかった内容に、ついつい声が大きくなる。今あの娘に何かあっては困るのだ。

「少し煙を吸いましたが、幸いにも多少の喉と目の痛みのみでご無事です。火も多少の衣服を焼いたのみですぐに鎮火いたしました」

その言葉に胸を撫で下ろす。いまや尭雅浪の中では彼女は大切な切り札なのだ。友国にも知られたくないほどの。

「ならば良い、しかしなぜ火など……」

尭雅浪の言葉に将軍の男は呆れたようにため息をつく。

「些細な事でございます。姫君が明日の衣装を選ぶために燭台《しょくだい》を利用していたところ、衣装が触れて引火したそうです。幸い燃えにくい素材のものが多かったため、延焼を防ぐ事が出来たようです」

「そんな事か。全く旦那が捨てたくなる気持ちも分かるな」

昼間の奔放な様子も尭雅浪の耳には入っている。

「左様でございますな。ただいま、医務用の天幕《てんまく》で医師の診察を受けておりますが、今晩の寝床をいかがいたしましょうか」

「客人用に準備した天幕《てんまく》に入れろ。彼らは急いでいるゆえ、このまま発つそうだ」

「こんな時間に……ですか？」

「そうらしいな」

ため息交じりに、将軍に行け！　と手を振って自身は天幕《てんまく》に戻る。客人は静かにそこに座っていた。杯の中の酒も減ってはいなかった。

「お待たせして申し訳ありませんな。私の親族を置いている天幕《てんまく》でボヤがあったようで。すぐに鎮火して怪我もなくて、大した事はなかったようです」

何もなかったでは不自然なため、簡単な説明をしておく、おそらく彼らが陣営を去る時もまだ火災の片付けで騒がしくなっているであろう。

「それは大変でしたなぁ。ご親族がご無事で何よりでございました」

男は特に不審に思うようなそぶりもなく、ゆっくり頷いた。

「では、殿下も色々とお忙しいでしょうから、私はここで失礼させていただきましょう」

そう言って立ち上がると、男は深々と礼をとる。

「どうぞご武運を。良い報告を期待しております」

「ええ、必ずや！　道中お気をつけくだされ」

尭雅浪も礼をとった。

◆

「全くひどい目にあったわ〜、あーまだ喉が痛い！」

「姫様に火傷がなくてようございました」

「当然でしょ！　火傷したらいけないと思って慌てて燭台《しょくだい》を投げたんだから！　投げた先の衣装が燃えにくいもので良かったわぁ」

「流石姫様、そこまでお分かりだったのですね」

「そんなわけないでしょ？　たまたまよ」

そんな会話を背に聞きながら、将軍の一人、丘江《きゅうこう》は怒りを通り越して、ため息をつきたくなった。

深夜、いったいどれだけの人員がこの女のために寝ずに働いているのか、この女は理解もできないのだろう。

丘江だってそうだ。明日も朝から最前線で指揮を執らねばならぬのに……雅浪に言われた通り、このうるさい姫と侍女をさっさと客人用の天幕《てんまく》に押し込んだら、就寝しよう。客人用の天幕《てんまく》はもうすぐそこだ。

やれやれとため息が出かかった時、行き先からやってくる、茶の外套《がいとう》を被った集団を見て、ギクリとした。

その集団を先導する尭雅浪とお付きの姿もある。これは、最悪なところに遭遇したのではないか。瞬時に雅浪と目配せをし、自分達が脇道の方へ道を変えた。

友国にこの姫の存在を知られるのは、今のところはよろしくないと、首脳陣の中で意見が一致していた。

友国といえど、彼等の本質は得体が知れないというのが正直なところである。

自国の何倍もの大国で資源も武器も豊富。そんな国が緋尭のような小国を対等な同盟国と見ているはずがない。

そもそも、湖紅国が緋尭への侵攻を画策《かくさく》している様子があるという情報を持ってきたのは彼らだ。

自国の皇帝はまだ幼く、御代は盤石とは言い難い。

政治も軍事も停滞していると隣国に思われていても仕方がない。

しかしそれは違う。

緋尭にはまだ現皇帝の叔父であり宰相で、継承権二位の尭雅浪がいる。朝廷では実質彼が皇帝のようなものなのである。調子に乗って皇族の功績欲しさに出てきた、だらしのない皇子風情の軍隊になど負けるものか。そう、思ってここまで来た。

しかし、丘江の中には一つ心配な事がある。

緋尭は踊らされていないだろうか、ということだ。大国がこのような小国と同盟を結ぶ利点がどれほどあるのだろうか？　何か裏がないか……と。

実際、あの使者の男は何を考えているのか、胡散臭い匂いがプンプンとする。

雅浪もそれは分かっているようで、気を許すつもりはないようだが。

「ご用意させていただいた天幕《てんまく》でございます。質素で申し訳ありませんが、今夜はこちらでご辛抱ください」

思案しているうちに少し遠回りして、天幕《てんまく》へ到着した。

姫と侍女は、ようやく休めると勝手な事をぼやきながら、中を改め「まぁ一晩くらいはここで我慢できるわね」と納得した様子だ。

こんな小娘に構っている余裕など本来ないのであるが、胡散臭い大国と付き合う上で、切り札になるものを持っているかもしれない娘である。

多少の面倒は我慢してでも、この娘だけは逃してはならない。

◆

「ふぅ、とりあえずは上手くいったわね」

一通り天幕《てんまく》内を改め、お互いに側に寄ると、翠玉が小さく息を吐く。

「成功だったのでしょうか？」

満足気な翠玉に比べて、楽は不安げな表情だ。無理もない……

数時間前、楽は外の様子を窺うという使命を持ちながら膳を持って外に出て、何も得るものがなく戻り、その旨を報告したのだ。

それを聞くやいなや、翠玉は立ち上がり、衣装棚から衣装を引っ張り出した。手伝った方がいいのかと、側に行きかけた楽を制止すると、次の瞬間、脇にあった火の付いている燭台《しょくだい》を握り、ぽいっとその衣装の上に放り投げたのだ。

燭台《しょくだい》は音もなく、翠玉によって散らされた衣装の上に落ちて、火が上がった。

そこからは一瞬だった。翠玉は悲鳴をあげると楽を掴み、勢いよく天幕《てんまく》から転がり出たのだ。そのわずかな時間だけでも、煙を吸ったのか、今でも少し喉がヒリヒリする。

「まさか、情報を集めるために火を放つなんて……想像もつかないやり方でした……というより、めちゃくちゃすぎます！」

もう少し御身を大切にしてください！　と抗議の目を向けられて、翠玉は苦笑しながら肩を竦める。

「ごめん。でも上手くいったわ、いきすぎるくらいにね！」

楽も、こちらへ向かう途中に尭雅浪が連れていた一団が、外が騒がしくなっていた理由なのであろう事は察しているはずだ。

尭雅浪が連れていた男達は皆、茶の外套《がいとう》をまとっており、衣装や装飾は全く見えなかった。遠目ではそもそも武人か文人かも測りかね、外套《がいとう》の端からチラリと顔は見えたものの、楽にはどこにでもいる普通の男のように見えたかもしれない。

「私には何が何だか分かりませぬ」

困惑して訴える楽の感想は、至極当然のものだ。

そうねぇと、翠玉が頷き、表情を引き締める。

「大変な事を私達は知ってしまったわ。何があっても、私達のどちらかは確実に生きて本陣に戻らなければならなくなったの。楽、いざとなったら私を見捨ててでも、本陣に戻る覚悟をしておきなさい！」

「覚悟……でございますか？」

突然そんな深刻な事を言われた楽は、戸惑ったように表情を強張らせる。そんな彼女の耳元に顔を寄せ、翠玉は今自分達が見たものが何であったか、その真実を告げた。

「っ！　……どういう事です？　なぜ、そのような者が……」

弾かれたように翠玉を見返す楽の表情は、心底意味が分からない、というもので……

「そう、分からないわよね……私もまだ全てを理解しているわけではないわ……でも、これを知るか知らないかで、この先の我が国の立場が大きく変わるかもしれない」

言い含めるように翠玉は、ゆっくりと楽に説明をする。

翠玉の命を置いてでも本陣に伝えるべき事である。楽の表情がみるみる険しくなり、そしてその表情が決意の色に変わる。

「お願いね、楽」

「……分かりました、でも、絶対に奥方様も一緒に帰りますからね！」

「もちろんよ！」

二人で頷き合う。どのような状況で脱出の機会がやって来るかは分からない。もしかしたら、楽と共に行動できない状況がやってくるかもしれない。

楽は翠玉の護衛が使命であるから、どうしても翠玉を優先的に逃がすという選択を取ろうとするだろう。だが、そうも言っていられない状況になってしまった。最悪の場合、自分が囮《おとり》として残り、何としてでも楽を逃がそう。そう、胸の内で密かに決意をして、翠玉は楽の手を握った。

◇

開戦の銅鑼《どら》の音が響いた。

あまり眠れず、早朝には目が覚めていた翠玉は、その音を聞くまで随分と長い時間がかかったように感じた。

楽と二人、顔を見合わせ、立ち上がると外の兵に声をかける。

「天幕《てんまく》の中に虫が出たの、退治をしてもらえない？」

そう声をかけて、楽が兵を一人連れて入ってくる。

「どちらでしょうか？」

槍《やり》を手にした男が一人、いづらそうに入って来る。外にはもう一人いるはずである。

「この下に入って行ったわ」

翠玉が扇子で寝台の下を指す。

「どんな虫でございましたか？」

「黒くて大きな虫よ」

男は屈んで寝台の下を改めようとしている。翠玉はその後ろに回り込むと、迷わず男の首に腕を回して捻る。

男は一瞬驚いて、仰け反ろうとしたが、翠玉の技が決まる方が早かった。

男が声もなく沈んだのを確認し、楽に頷いてやると、楽は今度は天幕《てんまく》の外にいるもう一人の兵に声をかける。

「ねぇ見つからないみたいなの、あなたも一緒に探してもらえない？」

「ですが、一人は見張りに……」

流石に見張りが全くいないのも、と思ったのか、もう一人の兵は入る事を躊躇しているようだ。

「二人で探してさっさと片付ければいいじゃない！　いつまで私に不自由をさせるつもり⁉」

沈めた男から服を剥ぎ取りながら、天幕《てんまく》の外に向かって翠玉が威圧的に怒鳴りつける。

「わ……わかりました」

慌てて、もう一人の兵が天幕《てんまく》の中に入って来る。

ガッ。

天幕《てんまく》に入ったところで、背後に回った楽が、後ろから男の頭を置物で殴った。

あらかじめどこを殴るべきか指南した甲斐があった。男は、叫び声もあげず、その場に倒れこんだ。

「はぁ、緊張しました」

すぐに男から服を剥ぎ取り始めた楽が、ほっとしたように呟く。

「上出来よ。戻ったらこういう事もあなた達に教えなきゃね」

剥ぎ取った服に着替えながら翠玉は笑う。

「いつ気づかれるかも分からないわ。さっさと出ましょう」

見張りの交代はつい先ほどされたばかりだ。順調にいけばしばらくの間は気づかれないだろう。

ここに来て、昨夜の火が功を奏した。昨夜までの天幕《てんまく》は、本陣の中にあり、人の往来が頻繁だったのだ。しかし、新しく与えられた天幕《てんまく》は本陣の外で、戦の最中のこの時間は比較的人が少ない場所なのである。

しかも緋尭軍は今日勝負をかけるつもりでいるため、昨夜の火事騒ぎからの翠玉達の処遇など、多くの兵に詳しく申し送る余裕もないであろう。ここに見張りがいなくても不審に思う者は少ない。

男から奪った剣と槍《やり》を確認する。下級兵士の簡素なものであるが、ないよりマシである。

楽の準備が整うと、翠玉は外の様子を窺う。

人の姿はまばらながら見えるが、皆自分の役目に気を取られていてこちらに注目するものはいない。

「行こう」

「はい」

緊張した面持ちの楽に声をかけて、二人並んで天幕《てんまく》を出た。

まず外に出て確認したのは自軍の本陣である。しかし、山の中の物見小屋は今日もこの位置からは確認できない。周りの兵達の動きに合わせて二人並んで小走りに戦場の方に向かう。

戦が始まっており、合図の銅鑼《どら》の音や、旗が行く先にはためいているのが見える。

今から女二人あの戦場に割って入るのだ。

策などありはしない、ここはもう出たとこ勝負である。こんなこと冬隼に知れたら、それこそ恐ろしい。

でも、何が何でも戻らなければいけないない事情ができてしまったのだ。強行突破するしかない。

「馬はどうします？」

「こんなところで下級兵士が乗っていたらかえって目立つわ」

あれば楽ではあるが、致し方ない。

体の方はここ数日ゆっくり休めたため大丈夫だろう。

しばらく走ると、最後衛の部隊が見える。整然と並んでいる彼らにつっこむのもまずい。

見つからずに機を計れるであろうか、それにはやはり……

「最前衛に行くしかないわね。大丈夫、ついてらっしゃい！」

不安そうにする楽の手を引いて、翠玉は走り出した。

◆

開戦を前にして、陣内の中心部の見張櫓《やぐら》に冬隼の姿はあった。

国境沿いにあるはずの川は辛うじて水の流れが確認できる程度まで干上がっている。作戦の決行には申し分ないだろう。

「昨晩も何も変わりはなかったな？」

「大きくはございません。あるとすれば、昨夜あちらの陣営でボヤ騒ぎでもあったのでしょうか、少量の煙と鐘の音が確認できました。大事には至っていないようですが」

泰誠の確認に、兵が答える。

「ボヤか」

「うちも気をつけないといけませんね」

焚き火や松明《たいまつ》の不始末で、大規模な野営ではままある事だ。戦が長くなればなるほど、疲れや緩みから起きやすい。他人事ではない。

「予定通り……行けそうですね」

泰誠の言葉に、冬隼が戦場をゆっくりと見渡す。

「あぁ、そうだな」

最後に敵本陣を見据え、静かに拳を握る。

無事に、戻ってこい……

翠玉の事だ、作戦の決行が今日になる事を、何らかの方法で確信はしているだろう。二人で散々話し合ってきたのだ。

「その時」を決める感覚は、二人の間にずれはないだろう。

問題はその時までに無事に翠玉が緋尭の本陣を抜けて、更に戦場を抜けてこられるかどうか……無茶をして体に負荷を与えなければいいが……

そんな事を考えていると、櫓《やぐら》に数人の男達が上がって来るのが視界の端に映る。柳弦と中軍の副官だ。生真面目な彼は、時折開戦前にこうしてやってきて、冬隼と共に戦場を見渡して、最終的な確認をする事がある。

今日は大きな勝負をかける日である。

そのためにやって来たのだろうと、思ったのだが……

「殿下、くれぐれもお約束をお守りくださいませ！」

開口一番に彼が放ったのは、予想と全く違う言葉で……

「分かっている……柳弦。翠玉の事は、そなたらに任せる……」

思わず言葉を詰まらせた。まさか、こんな時にまで念を押しに来るとは思いもしていなかった。後方では、泰誠がククッと笑いを堪えている気配を感じる。

「大丈夫だ」と気を取り直してもう一度頷いてやると、明らかにほっとしたように柳弦は表情を緩めた。

「結構でございます。では、これにて！」

そう言うやいなや、礼をとりクルリと踵を返すと退出していくではないか。驚くことに、どうやらこの用件のためだけに、わざわざやって来たらしい。

唖然とその背中を見送り、冬隼は大きなため息をついた

「そんなにも俺は、今すぐにでも飛び出して行きそうな顔をしているのか？」

「いつもより緊張しておられるのは分かります」

仕方ないですよと泰誠からフォローが入る。

「情けないな」

冬隼はがくりと項垂れる。

「しかし、どうやって奥方は脱出されるのでしょうか？　何か策があるのでしょうけど……」

戦場を見下ろしながら泰誠が呟く。

「いや……策もなにも、強行突破するだけだろうな」

「え⁉」

冬隼の言葉に泰誠が目を見開く。

「だから不安なんだ！　確かにあいつは策を練る事ができる。それゆえに柳弦も皆も、今回敵軍から戻ってくるにあたって何か策を考えているのではないかと思いがちだが……あいつは軍や人を動かすことに関してはきちんと考えているが、自分の事になった時は結構無鉄砲《むてっぽう》だ」

それでも、今まで数々の修羅場をくぐって来たのは、ひとえに彼女の能力と判断力の高さゆえだ。だがしかし、今はそこに病み上がりという負荷がある。

「そういうわけで俺は機を見て本陣を出るからな。あとの指揮は任せた」

「ええ！　話が違いますよ⁉」

「戦場とは、常に状況が変わるものだ」

しれっと告げると、泰誠は唖然とした顔でこちらを見上げて来る。

「何か、だいぶ奥方に影響されて来ましたね……」

確かに生真面目、堅物と形容される事の多かった少し前までの冬隼であれば、絶対にしない選択である。

「これだけ出るな、行くなと方々から言われると、逆に行けという事ではないのかと思えてきてな！」

「いや、それどんな論理ですか！　お願いですから無鉄砲《むてっぽう》に出ていくのだけは、やめてくださいね？」

慌てた泰誠が念を押して来るので、「分かっているさ」と大して気のない返事を返せば「すっごく不安なんですけど……」と恨めしげにぼやかれた。

◆

「なかなか良い流れが来ているではないか」

櫓《やぐら》から戦況を眺めながら、尭雅浪は満足げに頷いた。

交戦直後は敵方も随分奮起しており、前日同様に拮抗《きっこう》している様子であったが、しばらく経ってみると、やはりこちら側が押し始める。

理由は後方を見れば分かる。明らかに兵の数が減っている。あの姫の言葉が効いているのだろう。

「そう長くは持つまいよ」

言った矢先、敵軍がジリジリと押され、後退を始めた。読み通りであった。

「ご出陣なさいますか？」

側にいた副官が問う。

「兵達には、今日で決すると言ってあるからな。私が出て行けば、その本気さも知れよう。幸いあちらは後退しておる。士気を更に上げるなら今だろう」

立ち上がると、お付きの者が剣や鎧を差し出してくる。

「ここでの指揮はお前に任せる」

「承知いたしました」

副官が礼をとる。

「ご、ご報告申し上げます！」

さて、行こうか、と最後に剣を腰に据えたところで、息を切らした伝令役が、櫓《やぐら》に顔を出して叫んだ。随分と焦って上ってきたらしく、声も裏返っている。

「何事だ⁉」

その場の空気に緊張が走り、副官が鋭く聞き返す。

あまりにも焦っているのか、伝令役はその場で「ははぁ‼」と声を上げ、報告を始めた。

「御身をお預かりしておりました姫君が、侍従《じじゅう》諸共お姿を消されました！」

「何だと⁉　見張りはどうした？」

尭雅浪が声を荒らげる。

「見張りの兵もおらず、現在捜索中でございます」

戦とは全く関係ないところでの問題ではある。しかし、戦以上に大切な事であるかもしれない。

「あの姫君の事です。またわがままを言って、見張りを引き連れて、どこぞかウロウロとしているのではありませんか？」

しかし副官の答えは冷静であった。今までの彼女の行動を振り返れば、それほど不思議な事ではない。

「確かに……そうかもしれないな」

尭雅浪はじめ、その場にいた者全てが納得した。

あのわがまま放題な姫ならやりかねない。

そう、皆が楽観的に捉えところに……。

「申し上げます！　姫君の天幕《てんまく》の寝台の下より意識のない見張り役二名を発見！　二人とも服を奪われたのち発覚を遅らせるために隠された様子。現在周辺を捜索しております」

また一人、櫓《やぐら》の上に兵が現れ、報告を始めた。

「なん、だと!!　逃げたというのか!!」

ガシャンと尭雅浪の鎧が鳴る。

「あの姫君が、男二人を？」

「いや、侍従《じじゅう》の女かもしれません」

副官や侍従《じじゅう》達も先ほどとは打って変わって慌て始める。

「探せ!!　探して連れ戻せ!!　今逃げたとあれば、戦場に紛れて夫の元へ逃げるはずだ！　全軍に伝令を送れ！　紛れている女の兵を捜し出せ！　儂も前線に出る！　なんとしても連れ戻せ!!」

尭雅浪のがなり声が響き渡った。

◆

砂煙、そして血の匂い。

これが、戦場なのね……

継続的に発せられる伝令の兵や、補給部隊に紛れながら、翠玉達は何とか最前衛の部隊まで到達した。そこは今まで紛れて来た部隊とは違い、命のやり取りの場であった。

「ここでしばらく、待機ですか？」

最前線の様子を見て、ずっと気丈に隣をついて来た楽の顔が蒼白になっていた。

彼女も戦場というものを始めて間近で見たのだろう。

「そうよ、とにかく機が来るまで生き残りなさい！　うちの軍はあまり敵軍を攻める気はないはずから、なるべく殺さないようにいきましょう」

「なるべく、ですよ。私にそんな器用な事できませんからね！」

そう言うと、楽は剣を構える。

翠玉達が紛れ込んでいる緋尭軍の最前線の部隊は、ジリジリと湖紅軍を追い立てていた。少しずつではあるが、確実に湖紅軍はその歩みを止めて、後退していっている。

流石だと、敵側で戦いながら翠玉は感嘆した。

今回、湖紅軍はわざと後退して緋尭軍を目的地まで誘い込んでいるわけだが……誘っている事を相手に気取られないように戦う事は、実はとても難しい。程よく攻め、しかし攻めきれず少し後退して立て直す、また攻めるを繰り返し、ゆっくりジリジリと後退していくのだ。

対峙している緋尭軍からしてみたら、これほど戦っていて気持ちの良い事はないだろう。間違いなく好機と捉え、湖紅軍の本陣まで攻め入らんと前線をあげるはずだ。

後方を振り返り、緋尭軍の様子を確認する。中衛部隊はジリジリとついてきてはいるが、後衛部隊はついてきていない。

やはり半数ほどしか絡め取れないか……

想定の範囲内ではあるが、欲を言えばもう少し欲しかった。致し方ない、とにかく今は目立たず機を待つしかないのだろう。

そう思い、足を踏み出すと、足元がひんやりと濡れ、咄嗟に下を見ると、踏み散らかされた泥にまみれた中にかすかな水の流れがある。

ここだ！

辺りを見渡し、楽の姿を確認する。楽も同じ事を思ったのか、一瞬視線が合う。

ここは前衛部隊の中部。そうであるなら、そろそろか……

そう思い、目の前にそびえ立つ小高い山の一点を見上げる。その一点には……

チカチカッ。

一瞬何かを反射させたような光が輝いた。

来た！

◆

「合図を送れ！」

冬隼の声に、泰誠は手に持った大きな鏡を閃かせる。

しばらくすると、戦場内の一つの櫓《やぐら》から同じような光が閃いた。風に揺られるようにひらひらと閃くその光は、この戦いを決する光だ。

どこかで翠玉も、この合図を見ているだろう。見逃していなければ良いが……

この場から戦場に目を凝らしても、当然ながら女一人の姿など見つかるわけもない。

強行突破するとしても、いったいどのようにして出てくるのか。それはかりは全く見当もつかない。

「役目は済んだ。下りるぞ」

「そうですね」

泰誠と二人で小屋を後にする。ここに次に戻る時は、翠玉も一緒のはずだ。

小屋を出ると、その脇に大きな岩が重なっている。その岩と岩の間に、人が通れるほどの隙間が空いている。二人は何の躊躇もなくその隙間に体をねじ込んだ。

隙間の奥は、その幅からはおおよそ想像もつかないような、広々とした鍾乳洞《しょうにゅうどう》になっていて、ひやりとした冷気と共に独特の湿度を含んだ空気がまとわりつく。

ところどころに置かれた松明《たいまつ》の光で、内部は薄ぼんやりと明るい。

明かりを頼りに、緩やかな下り坂を進む。ゆるゆると下りていけば、次第に出口の光が見え、喧騒《けんそう》が聞こえてくる。

切り立った山の上に本陣を置けたのもこの鍾乳洞《しょうにゅうどう》のおかげである。平原の全貌を把握しやすく、往来がこれほど楽にできるのだ。この戦の後にも、国境線の警備に随分と役立つであろう。

そしてこのような鍾乳洞《しょうにゅうどう》はこの辺りの土地の至る所にあるようだ。それらを見つけて、把握しているのは翠玉だった。この後の作戦に彼女は不可欠である。

鍾乳洞《しょうにゅうどう》から出て、目が光に慣れず瞬いていると、目の前に黒い物体が立ちふさがっているのがわかった。

「無月」

普段世話をしているせいか、冬隼よりも先に泰誠がその正体に気がついた。

翠玉の愛馬の無月である。

このところ主人の不在で荒れていると聞いていたが……

「今朝、運動の後、厩に戻そうとしたけど全く戻ろうとしなくて困っていると、聞いてはいたけど……まだここにいたのか……」

感心したように泰誠が笑い、鼻梁《びりょう》を撫でてやる。

「お前も主人の帰りを待っているんだね」

泰誠の言葉に無月が鼻を鳴らし、イライラしたように首を振って、足踏みを始める。

視線は、懐いている泰誠ではなくて、冬隼に向いている。

何か文句を言いたいようだ。

周りの者が慌てて冬隼から引き離そうと無月の手綱《たづな》を引くが、無月は全く動こうとしない。それどころか、更に苛立ったように首を振り、足踏みを強くする。

まるで何かを冬隼に訴える様に……

「お前、主人のところに行きたいか?」

冬隼がゆっくりと、鼻先に手を伸ばす。

「噛まれます！」と周りの者が制止しようとするが、冬隼の言葉を理解したかのように、無月の動きがぴたりと止まった。真っ黒な大きい瞳が、じっと冬隼を見つめた。その瞳を見返して、冬隼が息を吐く。

「分かった、連れて帰ってきてくれないか？」

そう告げるやいなや、無月は珍しく鼻先を冬隼の手に押し付けてきた。お前、話が分かるじゃないか、とでもいいたげだ。

「事が済んだらこいつを放してやってくれ」

側に控えていた兵に声をかけ、もう一度無月の鼻先を叩いてやる。

「少し待っていろよ」

無月が冬隼の言葉をどこまで理解できたかは分からない。しかし、先ほどまでのイライラした様子はなくなった。代わりに真っ黒で大きな瞳が、櫓《やぐら》を上る冬隼の背をその姿が見えなくなるまで追っていた。

◇

「来た！」

物見櫓《やぐら》から、冬隼はその瞬間を眺めた。

初めは小さな地鳴りから始まり、その地鳴りは次第に大きな揺れとなり、低い音が山に木霊した。

そして、その山の上からバリバリと雷のような音がこちらへ向かって来たかと思うと。

茶色の大きな塊が、山の間から姿を現した。水が木や泥を含み、まるで大きな獣のようだ。それは山から出ると、そのままの勢いで、川に沿って転がるように下りていく。

そして、緋尭軍の隊列の側面とぶつかった。みるみるうちに、人を馬を飲み込みながら、速度を緩めず下降していく。

冬隼も、一緒にいた泰誠も、周囲の兵達も、誰も言葉を発する事ができなかった。

水の持つ脅威はこれほどのものであるのか。いとも簡単に数万の兵を飲み込んでいく様を見て、息を呑む事しかなかったのである。

「貯水池《ちょすいち》を作って三ヶ月、上流でせき止めて溜めた水は、その圧力を解放するかのように勢いを増して転がり落ちてくるわ。それを敵軍の隊列の側面にぶつけて、前後を分断するのよ」

数ヶ月前に、冬隼が初めてこの作戦を聞いた時、翠玉はすでにこの光景を頭に描いていたのだ。ふとそんな事が頭がよぎり、冬隼は身震いを覚えた。

もしかすると自分の妻はとんでもない者なのではないだろうか。

茶色の水は勢いにまかせ、緋尭軍の前後を分断すると、下流へ流れるものと、戦場に溢れるものとに分かれた。

しばらく誰も身動きが取れなかった。

冬隼も例外ではない。

少しして、我に帰る。

「全軍、これより攻めに転じる。取り残された敵部隊の掃討《そうとう》に当たれ‼」

周囲を奮い立たせるよう、声を上げる。

ハッとしたように周りの部下達が動き始めた。

シャーンシャーンと指示の銅鑼《どら》が鳴ると、櫓《やぐら》の下から戦場に向かって、皆我に返ったように動き始めた。

櫓《やぐら》の直下を黒い小さな塊が一直線に走り抜けて行くのが見えた。無月だ。

向かう方向は左軍の持ち場だ。

「殿下、行かれないのですか？」

隣に立つ泰誠が意外そうに冬隼を窺う。

「いい、無月に任せよう」

馬に託すのも滑稽だと思うが、おそらく無月は自分よりも早く翠玉を見つけるだろう。

無月がいれば、翠玉の負担も少ない。

「とにかく、アレに巻き込まれるようなヘマをしていなければいいのだがな」

「それは、考えられないでしょうね。奥方の狙っていた位置にしっかり直撃していますから、何が何でもそこは避けた場所にいるはずです。危なければ敵陣の方に戻っているかもしれませんけど……無月が行ったという事は、奥方が多分もう近くにいますね」

泰誠の言葉に同意をし、戦場を眺める。

混乱と共に退却をしようとする敵兵に自軍が襲いかかっていくところだ。可哀想に彼らの退路は水と泥や流木で相当に足場が悪い。退却も容易にいかないだろう。

「これで半数以下か、あちらは引くと思うか？」

「分かりません。今回の戦とて、相手は何を目的にしているのかも、完全に読み切れていませんからね」

◆

翠玉が合図を確認できたのはその一回だけだった。

そこから決行までには、しばしの時差がある事は承知の上だ。そうなる事も織り込み済みで、この策を練ったのは他でもない翠玉だ。

あとはその時を待つしかない。

そう思い、戦の中をジリジリと最前衛に向かって行く。

「待て！　そこのお前！　どこの隊の者だ！　隊列を離れて何をしている」

背後から、鋭い男の声が飛んできて、しまったと思った。

本来ならば、兵は隊ごとに連携し、まとまりながら動いている。戦いのゴタゴタの中ではぐれたり、分断したりする事はザラなのだが、最前線とはいえどうやらまだ隊の機能が残っている場所に入り込んでしまったようだ。

「すみません！　隊の者とはぐれてしまって！」

慌てて振り返り、誤魔化そうとしたが、その相手の姿を見て、体が強張った。

「やはり姫君でありましたか。まさかもうこのようなところまで来ていらしたとは！」

尭雅浪配下の中で一番年若い将軍の男だった。やはりという事は、どうやら翠玉を捜索していたらしい。かなりの速さで馬を走らせてきたのか息を切らしている。

ここまで伝達が来ている事は覚悟していたが、将軍自ら捜しに出ているとは誤算だった。

それだけ、緋堯にとって翠玉の存在が重要であるという事か……

視線の端で、楽が喧騒《けんそう》の中に消えて行くのが見えた。それでいい。

将軍の配下達も追って行く様子はないところを見ると、まだ楽は見つかっていないようだ。

「傷つけはいたしませぬゆえ、剣を収めてこちらにお越しください」

言っている言葉は優しいが、瞳は鋭く威圧的だ。若いとはいえ、一国の将軍に上り詰めるだけの事はあるのだろう。しかし、そんな事に怯むような翠玉ではない。

ジリジリと後ずさり、人込みの中に飛び込んだ。

「捕らえろ！　殺すな！」

背後から鋭い声が飛んで来るが、振り返る余裕はない。人の間をすり抜けながら、湖紅軍の層が厚い部分を目指す。

この格好だ。いきなり飛び込んでも敵と認識されるかもしれないが、そこは仕方ない。幸いにもおそらくここは左軍の持ち場である。顔見知りを見つけるしかない。

敵方は、戦いで前方を見ていて何も気づいていない者と、翠玉を追う者が入り交じり混乱状態となっている。

状況が分かっていない兵達の間をすり抜けようとするが、最前衛に近づけば近づくほど、入り込める隙がない。このままでは、捕らえられるのも時間の問題だ。

まだか……

強い力で肩を掴まれ、もはやこれまでかと思った時だ。足元に小さな揺れを感じた。

ドドドド。

その揺れは次第に音となり耳にも響き始めた。

来た！

交戦していた兵の中には、この音を不審に思い動きを止める者もいた。翠玉の肩を掴んだ男も、一瞬その音に気を取られた。その瞬間を逃さず、手を振り切り、混乱する人垣に転がり込む。

カンカンカンカン。

遠くでけたたましく全軍に退却を知らせる鐘が鳴っている。緋尭側の物見が状況を認識したらしい。

地鳴りはどんどんと強く、音も近づいて来ている。その音に悲鳴が混じり始める。

その声は徐々にこちらに近づきつつあった。

「水だ!!」

誰かの叫びと共に、後方で水しぶきが上がったのが見て取れた。そして、それは翠玉より後方の、前衛部隊の後ろの一部と中衛部隊を直撃した。

間近で起きた事が何なのか、しばらく理解できず、呆然と立ち尽くす兵がほとんどであった。策を講じた翠玉ですら、間近の脅威に鳥肌が立った。

想像以上の威力、そして破壊力。

溢れた水は、少し離れた翠玉の元までも流れてきた。そのひヒヤリとした感触で我に返る。

丁度その時、湖紅側から銅鑼《どら》の音が鳴り響いた。残された緋堯軍の掃討《そうとう》に移るのだ。

銅鑼《どら》の音を聞いてハッとしたのは、湖紅軍だけではない。追われる側の緋尭軍も、自分達の状況を理解した。自分達は孤立してしまったのだ。一斉に緋尭の兵士達が、自軍の方向へと逃げ始める。

このどさくさに紛れて、湖紅の兵を捕まえて保護を求めようか、そう思い向かって来る湖紅軍の兵の顔ぶれを確認しようとしたところで……

ギィーン。

視界の端に光るものが掠めたのを翠玉は見逃さなかった。

すんでのところで剣を抜き、その刃を受け止めた。

「これがお前達の狙いだったのか⁉ よくも騙したな」

先ほど追って来ていた若い将だ。退却せずに、翠玉を捕えに来たというのか。馬上から振り下ろされた剣は、流石に重たい。

足元がぬかるんでいるため、余計に踏ん張りがきかなかった。

まずいな……

間近には湖紅軍が迫っている。このままでは、保護を求める前に、この将軍諸共討たれかねない。

そう思った時だ。視界の端に黒い影がさし、それと同時に剣を持つ手に衝撃が走り、手から剣が離れた。

ガシャンとけたたましい音を立てて、二つの剣が弾き飛ばされた。

そんな事をするのは……

「無月!!」

間違うはずもない、手塩にかけて育ててきた自身の愛馬である。

相手と自分の剣を叩き落とした無月は、そのままの勢いで、翠玉の脇に首を入れて来る。乗れと催促《さいそく》する時の合図だ。

無月の首に手を回し、ぬかるんだ土を蹴り上げる。そのまま背に乗り上げた。わずか一瞬の連携だ。無月とでなければできない事だ。

冬隼！

最高の援軍ではないか。

しかも、無月の背には翠玉の愛剣も装着されている。素早くそれを抜くと、敵将軍に向き直る。彼も部下から剣を借り受け、こちらを睨み据えている。まだ複数対一人である事は変わりない。

しかし、翠玉の実力を見てしまった彼らを逃すわけにいかない。逃げる事は簡単だが、そうすると後々厄介な事になるかもしれない。

騎乗《きじょう》した事で、歩兵が多いこの戦場の中で翠玉が目立つ事になるだろう。左軍の指揮官ならば、顔見知りがそこそこいる。彼らが翠玉を発見してさえくれれば、援軍が望めるはずだ。今は危険を危険を承知で足止めを優先すべきだろう。

翠玉が構えると、相手も姿勢を低くする。どうやら逃げる気はないらしい。

あまり時間がない。一撃で決める！

呼吸を合わせ無月の腹を蹴ると、正確に意を汲んだ無月が一直線に向かって行く。

相手の刃がぎらりと光り、翠玉に向かって振り下ろされる。

「遅いのよ!!」

更に無月が加速する。相手の思っていた間合いからわずかに速い間合いで懐に入り込むと、一息に胴をなぎ払った。

「将軍!!」

「若様!!」

お付きの者達の悲鳴のような声が上がる。

翠玉を見据えた男は、そのままズルリと落馬していく。しっかり仕留めた感触があった。おそらく絶命したであろう。

しかしこれで終わりではない。このお付きの者達とて始末せねばならない。

そう思い剣を構え直した時だった……

「いやぁ流石です。あとは我が隊にお任せ願えませんか？」

後方から、何とも間の抜けた、場にそぐわない声が飛んできた。

声で分かる。

「蒼雲ね！」

ほっと肩の力が抜けた。

想定外の事はたくさんあったが、その中でも一番の展開で脱出が成功した瞬間だった。

続々と後方からやってきた兵が翠玉達を取り巻き、残っていた将軍のお付きの者達と刃を交え始める。

蒼雲直下の者達であれば、実力者揃いである。任せて大丈夫であろう。

「ご無事で何よりでございます。あまりにも良い手際だったので、思わず見入ってしまいました」

楽しそうに笑いながら、蒼雲がこちらにやってきて、手にしていた外套《がいとう》を渡して来る。

敵兵の格好をしていては何かとややこしいのだ。

「用意がいいのね。まさかあなたがこんな前線にいるとは思わなかったわ」

外套《がいとう》を受け取って着込む。少し暑いが、我慢するしかない。

翠玉の言葉を聞いて蒼雲が笑い出す。

「そんなわけないじゃないですか！　殿下のご指示で、あなたが現れるのを待っていたんですよ！」

「冬隼が？」

意外な言葉に目を丸くする。

「どうせ奥方様は強行突破してくる。敵の配置的に考えて左軍のどこかに現れるはずだ。何かおかしな動きがあったら奥方様だから迎えに行ってやってくれって！」

そしたら本当なんだから、殿下はすごいですよね～と、敬愛する冬隼を褒め称え出した。

「水が来る前から、敵の前線で騎馬兵が入ってきてごちゃごちゃしてるな～って思ったので、移動してきていたんです。そしたら、無月に騎乗《きじょう》した人がいたので」

なるほどと、翠玉は感心する。

強行突破する事も、逃走経路も、冬隼には手に取るように分かっていたのだろう。

無月が、必要になる事も……

「ありがとう蒼雲、迷惑かけてごめんなさいね」

「殿下は多分、本陣の櫓《やぐら》にいると思います。回収次第、指揮をしに来いとの伝言です。あ、ちなみに楽も我が隊で無事回収済みです」

「楽！　よかったわ」

ほっと息をつく。これで完全に脱出成功だ。

ここは任せてくださいと言われ、翠玉は軽く手を上げて、無月の手綱《たづな》を返す。

外套《がいとう》を被っただけで先ほどと比べようもないくらい、動きやすくなった。

残存兵の掃討《そうとう》に向かう兵達の流れから少し逸れた方に無月を誘導する。

「たくさん走ってきたのにごめんね。もう少し頑張ってくれる？」

無月のたてがみを梳いてやると、無月が理解したように速度を上げた。

外套《がいとう》と上機嫌な無月のおかげで、本陣にはすぐに到着した。

とりあえず第一声は怒られる事を覚悟しておこう。覚悟を決めて、本陣の櫓《やぐら》に上ったのだが……

「無事だな」

翠玉の顔を見た冬隼の第一声は静かなものだった。

「大事な時に留守にしてごめんなさい」

肩を竦めながら側に寄ると、冬隼の大きな手が伸びてきて、頭をガシッと掴まれる。

「顔色も良さそうで良かった。しかし無茶をしたな」

そのまま二、三度軽く叩かれる。

「私の行動は全部お見通しだったみたいだけど？」

「そんな事はない」

ほっとしたような、肩から力が抜けたようなため息と共に言われる。

「今回ばかりは自分の見込み違いであって欲しいと願っていたがな。少しは自分を労われ！　無茶苦茶しやがって」

無事だったからいいものの、と付け加えながら、こちらへ来いと促される。

「うん、ごめんなさい」

小さく笑うと、大人しくその後ろについていく。

「やっぱり、すごい威力だったのね」

翠玉は戦場一帯を見渡した。

乾季を迎えて茶色く乾燥していた土地が、湿った泥や流木、ゴロゴロした石などで広範囲が真っ黒になっていた。その中を泥に足を取られながら、逃げていく敵兵士。そして、それを追いかける自軍の兵達。戦況は一方的だった。

翠玉の立てた策は、成功した。あれほどいた兵が、この黒い土に飲み込まれたのだ。

ゴクリと唾を飲む。

これが、戦術を立てて戦をするという事なのだ。今までの、机上《きじょう》での想像の話とは違う。まさに今ここで、自分の策によって多くの命が失われた。

自分も間近にいたから分かる。あの轟音がこちらに向かってきた時の得体の知れない恐怖。きっと何が起こったか分からなかった者がほとんどだ。分かってはいたが、いざ目の当たりにすると背筋を冷たいものが走る。

そっと外套《がいとう》越しの肩に何かが触れた。

「この策で、少なくとも我が国の貴重な民が、戦で無駄に命を落とさなくて済んだのだ。今は深く考えるな」

冬隼の手だった。力強く二度叩かれ、仰ぎ見ると、力強い眼差しがこちらを捉えていた。

「分かったわ」

自然と肩の力が抜けたような気がした。

「敵の残党の討伐も、片付き始めましたね。あちらは退却兵のための援護部隊以外は動く気がなさそうですが、どうします？」

そこに割って入ったのは泰誠の声だ。的確に、戦況を分析して頃合いを見ている。

「我が軍も退却準備ね。しばらくこのまま相手の出方を待ちましょう。様子を見て降伏を促す使者を出す。それでいい？」

後半は冬隼を窺う。異論なしと頷かれ、合図の銅鑼《どら》が高々と戦場に鳴り響いた。

◆

「これはどういう事か！　何が起こったというのだ」

慌てて戻った自軍の櫓《やぐら》で尭雅浪は、わなわなと震えた。

事は彼が兵の士気を上げるため、戦場に立った隙に起こった。

轟音と大地の揺れを感じたと思ったら、黒い大きな影がすごい速さで目の前を過ぎ去り、自軍の兵達を飲み込んでいったのだ。何が起こったのか理解出来ず、護衛に促されるままに櫓《やぐら》に戻ってきた。

櫓《やぐら》に上って見たのは、驚くような光景だった。

「突然地鳴りと共に、山側から大量の水を含んだ土砂が落ちてきまして、我が軍の中衛部隊を直撃し、そのまま兵も馬も飲み込んでいきました。異変に気がつき銅鑼《どら》を鳴らしましたが、あまりの速さに退避は間に合いませんでした」

その場で一部始終を見ていた副官が真っ青な顔で報告をする。

「おそらく我々は敵軍の都合の良いところまで誘導されたのです。敵は初めから、これを狙っていたのかと」

「なぜ水など！　今は乾季ぞ‼」

普段二本の小さな清流が一筋になり、川の水量だって随分減っているのだ。

「おそらく、雨季が終わる随分と前から準備をしていたのでしょう。この川の源流は湖紅側の山間部です。山の上の方に貯水池《ちょすいち》を設けたのかもしれません」

山側を見ると、水が落ちてきた経路が遠目にもわかるほど木々がなぎ倒され、山肌が削られている。

相当の水量が一気に滑り落ちてきた事が分かる。

貯水池《ちょすいち》など大掛かりなものに、なぜ気づかなかったのだ！

そう言いかけて、堯雅浪ははたと気づいた。川の上流を確認に行かせた兵がいたはずだ。

彼らはなぜ見つけられなかったのか……

敵国の女を見つけたからだ。追っ手から逃げていた女を保護して戻り、それ以降は敵がそちらに警備を置いたために近づく事ができなかった。

その時は、山間部から敵に攻められる事を警戒した当然の対応だろうと思ったが、今思うと、見られては困るものがあったからであろう。

あの女を保護した事で、敵の策を見抜く機会を失ったのだ。

「あの女はどうなった！」

これであの女が脱走した意味がわかった。

「あの女、保護を求めて来たのではない。我等を揺動するため送り込まれた間者だ！」

考えてみれば、上手く行きすぎなのだ。都合よく自軍が遭遇した事、それが他国の姫であったこと、それなのに夫である敵の司令官がアッサリ切り捨てた事。

目先に飛び込んだ外交の好機に目が眩み、見えるはずのものが見えていなかったのだ。

「娘は鄭《てい》将軍が追っておりますが、もしかすると濁流《だくりゅう》に巻き込まれている可能性も」

副官がそう言った時。

「失礼いたします！　中衛部隊、湯《たん》将軍、向《こう》将軍共に所在不明。漠《ばく》将軍はご無事で、現在取り残された、前衛部隊と中衛部隊の退却の援護に回っておられます。前衛部隊について、安否は分かっておりません」

伝令の悲痛な報告が飛び込んでくる。将軍職につく者の半数が安否不明だというのだ。嫌な汗が首筋を伝う。

「くそッ‼」

足をふみ鳴らし、再度戦場を見下ろす。すでに敵軍の一方的な展開になっている。川の向こう側に取り残された自軍の兵たちが命からがら逃げ延びて来ているが、その数はほんのわずかだ。

「とにかく、一度引いてこの状況をどうするか考える。あちらも足場が悪い、そう深く追ってくる事はない。兵はそのままの配置で、怪我人と部隊の再編成を優先しろ！」

◆

「奥方様‼」

「楽！　良かった」

蒼雲に連れられた楽と再会できたのは、休戦状態になり、各指揮官が本陣に集合した時だった。

「楽、よく翠玉に付き合ってくれたな。無事で何よりだ。しばらく休め」

「旦那様！」

冬隼から労いの言葉をかけられ、慌てて礼をとると……

「ありがたきお言葉、ありがとうございます。しかし私にも奥方様と共にお伝えしなければならぬ事がございます。休息はその後に」

いつもの生真面目な顔で答えた。

「伝える事？」

その言葉を聞いた冬隼は、怪訝《けげん》な顔で翠玉を見る。

「みんなが集まったら言うわ。この先我が軍がどうするべきかにも関わる事だから」

そう言うと、冬隼はわずかに眉間にシワを寄せたものの、承知したと頷く。

「奥方様！　よくぞご無事で‼」

最後にやってきた柳弦が心底安堵《あんど》した様子で翠玉の元へ駆けてきた。

「胡将軍、随分とご迷惑をおかけいたしました」

「なんの、おかけで敵軍を楽に誘い出す事ができ、兵の犠牲も最小限に済みました」

策の成功を手放しで称えてくれた柳弦だったが、次の瞬間には翠玉の隣に立つ冬隼へ視線を向ける。

「殿下もよくご辛抱なされました」

労うように言われて、冬隼は居心地悪そうに頷く。どうしたのか？　と翠玉が見上げると、なんでもないと言うように視線をそらされた。

その後ろで泰誠がニマニマ笑っているから、きっと何かあったのだろう。

「さて、全員揃ったところで、現状の把握と今後について話そう」

気まずさを払拭するかのように冬隼が声を上げる。普段なら泰誠が声をかけるのだが、余程居心地が悪かったようだ。

「今現在、把握している事で結構だ。各隊の被害状況や敵軍に関する事など、教えてくれ！」

自軍の被害は、翠玉が驚くほど最小限であった。当初の見込みの八割程度にとどまっていた。

流石だと、その場に立つ面々を眺めた。指揮官が優秀でなければこうはいかない。湖紅の軍にこれほどの人材が集まっている事を、翠玉は頼もしく思った。

「敵の被害は、ざっと見積もって半数程度でしょうか。こちらが兵を減らして見せているので、敵軍からしたら兵の総数はこちらと比べて五千ばかり少ないのが感触でしょうね」

戦場図から、碁石《ごいし》をカチャカチャと動かしながら李梨が言う。

「敵の指揮官、前衛部隊の二将軍はこちらで拘束いたしました」

続いて柳弦が口を開く。

流石ぬかりない。おそらく、敵の中衛部にいた将は、土砂に流されたと思われるため、敵指揮官の取り逃がしはないだろう。

あとは。

「所属は不明ですが、敵の指揮官らしい男が奥方様を追ってきておりましたが、奥方様が討ち取られました。左軍にて亡骸《なきがら》は預かっております。その際に奥方様の実力を見た可能性のある敵兵は念のため始末しております」

左軍の将、旺樹《おうじゅ》が報告すると、全員の視線が一気に翠玉に向く。

「ちゃっかり武功を立てやがって。追われていたとは聞いてなかったぞ」

冬隼からギロリと睨まれ、翠玉は首をすくめる。

「まぁ色々あったのよ、色々……」

あはは、と乾いた笑いで誤魔化す。正直なところ無事に戻れた事に安心しすぎて、忘れていた。

「こいつの事はなるべく敵に知られない方がいい。旺樹、助かった」

冬隼の言葉に、旺樹が頭を下げる。

「さて、これからの事だな。とりあえずはこちらから降伏を呼びかけてみようと思うが、敵軍の出方が読めない」

「そもそも、この時期に緋尭が我が国を攻めて来た目的も分かりませんからね。これで諦めるのかどうなのか」

泰誠の言葉に皆がうーんと考え込む。

「それなんだけど、今後の事も含めてみんなに聞いて欲しい事があるの」

翠玉が声を上げる。

「さっき楽が言っていた、伝えたい事か？」

すぐにピンときた冬隼が視線をよこす。翠玉はそれに大きく頷く。

「一刻も早く敵軍の戦意を削ぐ必要があるわ！　実は、昨夜、敵軍の本陣で、紫瑞《しすい》国《こく》の宰相、董伯央《とうはくおう》を見たわ」

翠玉の口から出た名前は、その場にいた者全てが息を呑むのには十分だった。

「どう、いう事だ？」

最初に言葉を絞り出したのは、冬隼だった。

翠玉と、側に控えていた楽は顔を見合わせてうなずき合う。

「昨夜遅く、なぜか緋尭の本陣にやってきて、帰っていったわ。私が見たのはそれだけ」

「間違いなく、董伯央だったのですね？」

柳弦の言葉に、翠玉は再度頷く。

「祖国の清劉国は長く紫瑞国とは同盟関係にあります。数年に一度、盟約の見直しという事でそれぞれの国で会談が行われていたので、外交の宴の場で伯央の顔を幾度か見た事があります」

恐ろしく頭が切れると、列国に一目置かれている、やり手の宰相だ。あれがその男か、と興味本位で姿は確認していた。

外套《がいとう》を被り、薄暗い松明《たいまつ》のほのかな明かりの中でも、翠玉にはよく分かった。

「尭雅浪と会談でもしたのでしょうね。私が見たのは連れ立って本陣から出て行くところだったわ」

翠玉の言葉に冬隼が唸る。

「緋尭の裏に、紫瑞がいる……か」

「おそらくね。この戦に何らかの形で絡んでいると思われるわ。最近の紫瑞国って何か動きあった？」

「現在の皇帝は在位十年。海沿いの方での小競り合いは頻繁にあるそうですが、目立って大きな戦はなく、国力は随分と上がっていると思われます。何か企んでいてもおかしくありませんが……」

泰誠の言葉に柳弦が頷く。

「昨年、南の碧相国《へきそうこく》と領海を巡って会談したが、決裂したと聞いています。もしかすると……」

南の碧相国は湖紅国の同盟国である。北の大国が紫瑞国であるなら、南の大国は碧相国である。長い歴史の中で、この二国は海を中心に戦いを繰り広げてきた。

「ここで陸戦に切り替えてきたのね。長い歴史上陸戦はなかったと思うわ。流石は伯央」

ただ、他国を巻き込むゆえにその道のりは簡単ではない。

しかし……

「おそらく、紫瑞の狙いは碧相国だけではないわ。まず手始めにうちを狙ったのにも理由があると思うの」

皆の視線が翠玉に集中する。

昨日一晩あまり寝られなかったのは、この動きが意味する事を様々な方向から考えていたからだ。

「紫瑞は、湖紅で取れる鉱石も欲しいのよ。海からの資源と広大な大地で潤ってはいるけど、鉱物資源は少ない国よ。逆に湖紅は鉱石がよく取れる。この国の鉱石は上質な武器を作り出すのにはもってこいだわ。手始めに湖紅を手中に収めて、戦資源の憂いを払拭したいのではないかしら」

全員の表情が硬くなる。多くの疑問が線で繋がって行く。

「では、この戦は……」

皆、同じ考えに至ったらしい、蒼雲が呟く。

「おそらく我が国の軍力を少しでも削ぐため、そしてこちらの力量を測るため、あわよくば、南下《なんか》のための突破口《とっぱこう》を作るため。緋尭は利用されているのよ」

その場にいる全ての者達が、息を呑んだ。

翠玉は話を続ける。

「私の感触では、今の緋尭は単独で戦を起こそうと思うほど余裕のある国ではないと思うわ。私への対応でもそう、他国に通ずる足がかりが欲しくて仕方ない様子だったわ」

そのおかげで、敵の本陣で好き勝手ができ、こうして上手く逃げおおせたのだ。

確か、緋尭の今の皇帝は幼く、それまで政を行なっていた母后が亡くなったばかり。本来なら何より戦を避けたいところだろう。

新たに摂政《せっしょう》についた皇帝の叔父の尭雅浪が軍関係者だからなのかと思っていたのだが、そこまで短絡的な男でもなかったように思う。

普通であれば、利用価値があるとはいえ偶然出会っただけの翠玉に、あれほどまでに執着しないはずなのだ。翠玉を利用して清劉国と繋ぎをとろうとしたその裏には、紫瑞国がいる可能性が高い。

そして、紫瑞国がいるその状況に、尭雅浪も危機感を覚えているのだろう。

緋尭は西に紫瑞国と響透国《きょうとうこく》、東に湖紅国、そして北に茶楊国《さようこく》と四つの国に囲まれている小国だ。特に西の一つ、紫瑞国は大国であり国力も高い。味方につけておけば心強いが、怒らせたらひとたまりもない。

おそらくその力関係が働いた末のこの戦であろう。そう考えると全てに合点がいった。

「どのみち、緋尭は紫瑞国の属国《ぞっこく》になるわ」

そうなれば、紫瑞軍は容易に湖紅国を攻められる事になる。どうあってもこの地をまた戦場として戦わねばならない。

その場にいた全ての者達がその考えにたどり着いたのを見計らって、翠玉は大きくため息をこぼす。

「本当は、ここで随分と痛めつけて、緋尭軍に二度とここで戦いたくないと思わせたかったのだけど。今ここで、この戦場の手の内を全て明かす事はできなくなったわ」

「作戦変更ですか？」

泰誠の言葉に、翠玉は肩をすくめる。

「変更というか、中止かしらね。とりあえず休戦協定を結ぶように仕向けるしかないわ」

「問題は相手が受けるか、だがな」

冬隼の言葉に皆が頷く。まぁね、と翠玉も笑いながら頷く。

「圧力をかけるしかないわねぇ」

◆

夕刻、捕虜《ほりょ》が一人、湖紅国から返還された。

平民出身のその兵は、一枚の書状を持っていた。それを読んだ尭雅浪は拳を三回机上《きじょう》に叩きつけるとしばらく考え込んだ。

その書状はその場に集まった指揮官の面々にも回し読まれた。

内容は、武装の解除と共に休戦協定を提案するものであった。協定を締結するならば、捕虜《ほりょ》とした将をはじめ兵達の返還も行う事、土地や賠償金《ばいしょうきん》などは一切求めないことを約束するとある。

返事は翌朝、同じように一人の捕虜《ほりょ》を解放した上でよこすようにとの指示である。

こちらにとっては破格の好条件である。しかし、それにしても話がうますぎる。

「このような緩い待遇は聞いた事がありません。あのような策を行なった者どもです。何か裏があるやも」

「だがしかし、この兵力で戦っても……」

「こうなった今、あちらは以前退却させていた一万の兵をどこかに隠しているかもしれません。そうなれば、勝ち目など皆無です」

それぞれが口々に意見を始める。

「殿下、いかがなさいます」

一番年長の将が顔を上げた尭雅浪を見る。

「解せぬ、そもそも湖紅国は我が国を侵略しようと目論んでいたはずなのに、なぜこのような条件を出してくるのだ」

唸るように声を絞り出す。敵が何を目的にしているのか全く分からないのだ。引く事もできず、かといって手勢がない今、攻める事もままならない。

「昨夜なんとしてでも伯央殿をとどめておけば良かった」

他国の宰相ではあるが、恐ろしく頭がいい。確か軍事にも明るいと聞いた。彼がこの場にいたら何かが違ったかもしれないと尭雅浪は思った。

◆

「ご報告申し上げます。緋尭軍に動きなし、武装解除を行なっている様子も見受けられません」

「そうか、仕方ないな。予定通り実行するよう伝えろ」

「はっ！」

深く一礼すると、兵は天幕《てんまく》から足早に出て行く。

一つため息をつくと、冬隼は出入り口に平行するように立てられた、簡易的な衝《つい》立《たて》を回り込む。

「ダメそうね？」

衝立《ついたて》の向こう側では、夕餉《ゆうげ》を済ませ、ようやく敵兵の服から着替えた翠玉が、寝台に足を伸ばしてくつろいでいた。

「やっぱり自分とこの天幕《てんまく》は落ち着くわ～目がチカチカしない！」などとわけの分からない事を言っていたが、今はそれさえもいつもの彼女らしくてホッとした。

「まぁそうだろうな。俺だって尭雅浪の立場であれば思い悩む」

言いながら、翠玉に近寄るとその頬に手を伸ばす。

「クマができているぞ」

再会した時から気づいてはいたが、今ようやっと言う事ができた。それほどまでに、二人とも忙しかったのだ。

「昨晩、董伯央の姿を見てから色々考えていたのよ。彼の狙いはなんなのかって。全てに合点がいったのが朝方だったから」

翠玉は肩をすくめて、困ったように笑う。

「今回の戦の功労者はお前だな。よくこんな重要な情報を持ち帰ってくれた」

ポンと頭に手を乗せると、その下で翠玉がクスクスと笑った。

「なぁに？　いやに優しいのね？」

下から見上げた表情は、いつものいたずらな翠玉だった。つられて冬隼も笑う。

「あの話を聞くまでは、無茶しやがってと、後からげんこつくらいくれてやるつもりだったがな！」

「私もそれくらいは覚悟してたわよ！　随分みんなを困らせただろうし」

でも、と翠玉が突然冬隼の手を引いた。不意討ちで体勢を崩し、慌てて翠玉の座る寝台に足を着く。

胸元から背中にかけて、温かくて柔らかい感触に包まれ、ズシリと人の重みを感じた。

すぐに状況を把握し、それと同時に全身の筋肉が硬直した。

翠玉が……冬隼に抱きついてきたのだ。

「最後まで信じてくれてありがとうね」

背中に回された翠玉の手がポンポンと冬隼を叩く。

これはいったいなんなんだ……

抱きしめられながら、思考を動かすが、答えはなかなか出てこない。

とりあえず、自分も翠玉の背に手を回した方がいいだろう、その方が自然だと思い、手を回そうとする。

が。

寸前で、その目標物がボテッと音を立てて手元から消え、同時に体も軽くなった。

翠玉が手を離し、寝台に倒れこんだのだ。

「なぁんか安心したのと、冬隼の胸の音を聞いてたら、眠たくなっちゃった～。状況変わったら遠慮なく起こしてね～」

ふふふと満足げに寝具に顔を埋めると、体を曲げて丸くなる。いつもの彼女の寝る時の姿勢だ。

呆気にとられていると、スゥスゥと規則正しい寝息が聞こえてくる。相当疲れていたのだろう。彼女にしては珍しい寝入りの速さだった。

しばらくその寝顔を唖然と眺めた後、後方に置かれた自分の寝台に腰掛ける。

「何なんだ……クソっ」

思わず頭を抱えた。多分彼女にとっては、例えば戦友と喜びを分かち合うようなノリの抱擁《ほうよう》だったのだろう。動揺した自分が馬鹿みたいだ。

「無自覚とは時に残酷ですね」

いつだったかの泰誠の言葉が浮かんで、ため息をつく。

自分はあとどれくらいこんな事を繰り返していくのか。肝心の相手がこんなでは、冬隼の精神力が持たないかもしれない。

それでなくとも、仕事の面でも随分とハラハラさせられるのだ。

「少しは慎みを持てよ！」

何だか色々考えていたら、やるせなくなってきたので、寝ている翠玉の頬を軽くつねる。

当の本人はまるっきり感じていないようで、スヤスヤと寝息を立てていた。

◆

深夜、緋尭軍の櫓《やぐら》では、いつものように兵が見張り番についていた。

見張りと言っても、月もない夜である。見えるのは櫓《やぐら》の下に広がる暗闇と、遠く彼方に見える敵軍の野営の灯り。

この暗闇に沈んだ大地で、昼間、多くの同胞の命が散った。

明日から自分達はどうなるのだろう。自分の周りの下級兵の中では、投降するのではないかという意見と、まだ戦うのではないかという意見で真っ二つに分かれている。

実際に、明日どうするかという明確な指示もないところをみると、上もだいぶ迷っているのではないか。

もしくは自分達平民なんぞのには思いつかないほどの秘策がまだあるのかもしれない。

後者であればいいのだが……

そう思いながら、ぼんやりと郷に残してきた家族の事を考える。三人の子供達はいい子にしているだろうか。乾季に入り、田畑の水が枯れてくる。男手のない状態で妻はさぞかし苦労しているだろう。

できるだけ早く帰ってやりたいものだ。

そんな事を考えていると、うっすらと、空が白み出した。櫓《やぐら》の下に広がる大地も、漆黒の闇からその姿を現しはじめた。

そこは、土砂に濡れた黒い大地……ではなかった。

男は何度も目を瞬かせて、それが何なのかと凝視する。同じように見張りについていた同僚達も身を乗り出して目を細める。

うっすらと暗闇の中にある大きな塊。徐々に明るくなるにつれてそれが小さな黒いものの集合体である事が分かる。

整然と並んだそれは……

「て、敵軍⁉」

男が把握するのと、そう前後せず、他の物見櫓《やぐら》からけたたましい鐘の音が響く。とんでもない事になった。

敵の野営地との間には十分な距離があったはずだ。しかもその間には、昼の土砂の流入でぬかるんだ地帯が広がっているのだ。

水分を多く含み、粘度が高くなった土を越えて来る事はなかなか難しい。ゆえに、敵軍からの追撃をあまり心配していなかったのが、実際のところだ。

しかし、どうした事か。夜中の一番暗い時間、そのわずかな時間で敵は音もなくそのぬかるみを越えてこちらに迫っていたのだ。

何かわからない得体のしれないものが、自分達の喉元まで来ている恐怖を男は感じた。

我が軍は、ここで引くべきなのだ……と。

◆

けたたましい鐘の音を聞いて、尭雅浪は他の面々と共に、慌てて近くの櫓《やぐら》に上った。

一睡もできず、今後について、他の指揮官達と頭を抱えている最中だったのだ。

「いったいどうして……」

誰かがポツリと呟いた。

「すぐに兵を出せ！　防衛線を作れ!!」

声高に叫ぶと、先ほどとは違う鐘の音が響いた。

数分と立たぬうちに、叩き起こされた兵達が整然と並び始める。しかしその間、敵の軍勢は全く動こうともしなかった。

こちらから見ると、ぬかるんだ黒土の前辺りに整然と並ぶ彼らは、ただその場にいるだけだった。

そして、そのぬかるんだ土の向こう側に、もう一層の塊がある。彼らを援護するための弓兵部隊だ。

「奇襲《きしゅう》のつもりでしょうか？」

　将の一人が誰にともなく、投げかける。

「いや、奇襲《きしゅう》ならば、暗闇に乗じていくらでもできたはずだ。後方、しかもぬかるみを超えない所に弓兵がいるという事は、奴らは一定の距離までしか前進する気がないという事だ。それに見ろ」

　一番年配の将が敵の野営地を指差す。遠目にではあるがゆらゆら動くものが複数ある。

「おそらくあの野営軍の中に、騎馬隊がいる。こちらがそこに並んでいる奴らに手を出そうものなら、あの騎馬隊が一気に押し寄せてくるぞ」

「ここまでするからには、騎馬隊にはあのぬかるみを簡単に越える秘策が何かあるのだろう。しかもこの数。やはりどこかに兵を隠していたな」

「あの女さえいなければ」

　将の一人が忌々しげに呟く。

「あれも含めて敵方の作戦だったのだ。追っていった鄭とその部下達が戻らないところを見ると、消されたのだろう。あちらには相当な策士がいるぞ。将の嫁を囮《おとり》にするなんぞ、普通ではない」

「忌々しい。こちらに形ばかりの投降を求めておきながら、駄目押しのように圧力をかけてくるなど！」

自軍の兵力は開戦時の半分ほど。指揮官も半分に減った。

対する敵は、こちらを誘い出す事が目的だったのであれば、それほどの犠牲は出していないだろう。

「殿下……」

皆の視線が尭雅浪に集まる。先ほどから黙ったまま、ただ手摺を両手で強く握りしめた巨漢は、ゆっくりと顔を上げた。

「武装解除だ。敵の要求を呑むしかなかろう」

◆

早く寝すぎたせいか、翠玉は空が明るくなり始めた頃には自然と目が覚めてしまった。ゆっくり辺りを見回した翠玉の視界に入って来たもの……それは見慣れた単調な色合いの天幕《てんまく》であった。

あぁ、そうだ。無事に帰ってきたのだ。

隣の寝台を見ると、まだ寝ている冬隼の背中が見える。

静かにゆっくり体を起こして寝台から立ち上がると、簡単に身なりを整え、天幕《てんまく》の外へ出て、目の前に立つ櫓《やぐら》に上る。

どうやら随分早起きをしてしまったようだ。

周囲に人の姿はまばらだ。

「ご苦労様！」

「奥方様！　おはようございます」

櫓《やぐら》の上には見張りの兵と、李梨がいた。翠玉の姿を認めると、皆が体を向け礼をとる。

「敵の動きはどう？」

翠玉の言葉に、李梨はクスッと笑う。

「読み通りです。月がなかったのが幸運でした。夜明けになって彼らが気づいた時には、こちらは余裕で布陣が完了していました。しばらく鐘が鳴って、ワラワラと兵が出てきていましたが、それだけです」

「よく見えたわね。流石騎馬隊の目ね」

明るくなったから翠玉にも敵陣の様子を見る事ができるが、夜明けの暗がりの中でこれを視認するのは無理だろう。

翠玉に感心された李梨は、ふふふと笑う。

「敵は何もできないでしょうね。してきたところで、弓兵隊とうちの騎馬隊が控えていますから」

つられて翠玉も笑う。

「頼もしいわね。騎馬隊と弓兵隊には昨日の昼間に引き続き夜通しの役目で本当に申し訳ないけど」

「なんの！　夕刻から深夜までの時間を休息にあてさせていますから大丈夫ですよ！　それより可哀想なのは、敵陣を目の前に最前衛で立っているだけの一万の部隊ですよね」

「確かに、退却とみせかけて、鍾乳洞《しょうにゅうどう》の中で待機させられて、出てこられたと思ったら、夜中のうちに敵陣に忍び寄って、夜通しそこでただ待機してろって言われて。疲れ溜まるわよね～」

自分だったら耐えられるかどうか……兵達の我慢強さには頭が下がる。

「でも、あと少し辛抱してもらいましょうか。どうせそうかからないわ」

◇

「斉副官より伝令です。敵が武装解除を始めたようです」

第一報を聞いたのは、それからすぐだった。

「早い判断ね。浅はかで趣味は悪いけど、そこまで頭の悪い男ではなかったようで良かったわ」

翠玉は大きく息をつく。

「泰誠に了解したと伝えて。ついでに、兵達の朝食と水の手配をしとくわねとも」

伝令の兵が礼をとり下がる。

「とりあえず、完全に武装解除するまでは今の状態で待機ね。冬隼に伝えてくるわ」

そう言って踵を返そうとしたが。

「聞いていたぞ」

丁度、伝令と入れ替わりで冬隼が上がってきたところだった。

「あら、おはよう。早いのね」

まだ少し眠そうな顔をしているところを見ると、昨夜はあの後も仕事をしていたのだろう。

「動くならこれくらいの時間だろうと思ってな。上手くいったな」

「予想通りよ。とりあえずこれで武装解除が確認できたら、私と楽は天幕《てんまく》に引っ込むわね」

横に並んだ冬隼を見上げると。

「一番の功労者だが、仕方ないな」

すまなそうに言われる。

今回翠玉の挙げた功績は全て冬隼の功績となる。

「今後の事を考えたら、私の事は知られない方がいいわ。その方がやりやすいし」

気にしていないというように笑うと、冬隼の服の裾を握る。

「それに夫の功績は、妻の功績でもあるのよ？」

だから一緒でしょう？　と肩を竦めると、目の前の冬隼が驚いたような表情になり、次いで「大したもんだな、本当にお前は！」と破顔する。

いつものどこか含みを持たせた笑みとは違い、彼には随分珍しいまるで少年のような素直な笑みだ。

「……、とりあえず補給の方の様子を見つつ、いろいろと準備してくるわ！　うちの落ちこぼれ達も労ってやりたいしね！」

自分で言ったくせに、あまりにも冬隼が素直な笑みを返してくるので、途端に気恥ずかしくなってしまって、翠玉は逃げるように櫓《やぐら》を降りた。

◆

休戦に関するやり取りは、円滑に終わった……というより、自軍の完敗であるため、相手の要求に頷くしかなかったというのが正しい。

身柄を敵方に預けられた尭雅浪は、湖紅軍の本陣で、敵軍の総大将である紅冬隼と合間見えている。

皇弟で武人であるという境遇は同じだ。精悍《せいかん》でどこか生真面目さを感じる顔つきに、王族特有の品を感じる。しかし体躯《たいく》はしっかりと鍛えられており、ただ身分だけで将軍に据えられたわけではない事がわかる。

やり取りをして、自身が侮っていたような暗愚な男ではない事はよく分かった。

この男を侮った事が、今回の最大の敗因だった。

あの恐ろしい策を講じたのもこの男だろうか？

正直なところ、尭雅浪には生粋の武人である者が考えつく作戦とは思えないのだ。武人は武に頼った策を講じる傾向が強い。

しかし今回の彼の国の作戦は、武ではなく自然の力に頼ったものだ。そして、女である将軍の妻を利用するというのも、武人からは考えられない発想に思える。

武人ではない、学者か、策士か、誰か違う視点からものを見る者が入れ知恵しているはずだ。

こちらに身柄を移されてから注意深く観察をしているが、それらしき者は今のところ、彼の周りにはいないように思う。

隠しているのだろう。その人間は、この国にとって強大な隠し球だ。今後、彼の国を攻める国があるならば、その実態を掴むところから始めねばならぬ。

そんな事を思いながら、目の前に広げられた書に目を通す。

敗戦の割にこちらが失うものが少ないその内容に、正直面食らう。

「要求があまりにも軽すぎやいたしませんかな？　こちらが武器を放棄し、兵を引く事と、賠償金《ばいしょうきん》のみとは、いったい何を企んでいらっしゃる」

あまりにもこちらにとっては、軽すぎるのだ。領土や、尭雅浪の首くらい要求されてもおかしくない。

もともと、湖紅は緋尭を攻めるつもりでいたはずだ。これだけの要求で、なぜ緋尭を攻めようとしていたのだろうか。

尭雅浪の言葉に、目の前の若い将軍は、そうだろうと言うように静かに頷く。

「特に含みはない。もとよりこちらは貴国に侵攻する気もその予定もなかった。領土が欲しいわけでもない。そんな益のない戦で民の命や国の財産を無駄にしたくないだけだ。早い段階で矛を収めてもらえるのであれば、それが何よりだと思っている」

淡々とした敵将の言葉を聞いて、尭雅浪は目を見開く。

どういう事だ？

湖紅は、緋尭に侵攻する準備をしていたのではなかったのか？

「侵攻する気が、なかった？」

呟くように聞き返す。

「いかにも。恥ずかしながら、我が国はまだ自国の事で手一杯で、他国を侵略する余裕などない。どこの誰の入れ知恵かはわからぬが、貴国は利用されたのではないか？」

しっかりとした言葉を投げかけられ、尭雅浪はハッとする。この話を持ってきたのは誰だったであろうか……

紫瑞の、董伯央だ。

ヒヤリと背筋を冷たいものが走る。

尭雅浪の表情を見て察したのだろう、敵の将軍は静かに頷く。

「こんなところで無為な戦をしている場合ではないぞ、尭将軍。即刻、自国に戻られよ」

そう言うと、話は終わったとばかりに、紅冬隼が立ち上がる。

「撤収準備が整った頃、捕虜《ほりょ》達も解放する。機を見て将軍を緋尭陣営までお送りせよ」

側に控えていた兵に指示を出すと、天幕《てんまく》から出て行った。

残された尭雅浪はよろよろと立ち上がる。董伯央は、今どの辺りにいるだろうか。おそらくはまだ緋尭国内を抜けていないだろう。

急いで、王の元に戻らねば……

脳裏にまだ年若い王の姿が映る。尭雅浪が都を出る折に、不安そうに見つめていたあの瞳。敬愛した兄の忘れ形見。尭雅浪が何よりも守り、慈しんできた幼い子供。

「王よ」

幼き王を守るためのこの戦が、逆に王を危険に晒す事となったと……自身が選択を間違ったという事なのだろうか。

◆

緋尭軍は少しの兵を残し、驚きの速さで、撤退していった。

状況を考えると無理もない。

敵の撤退を知ると兵達は歓声を上げ、どこからともなく、祝いの宴が始まる。一通り労いを終え、冬隼が山の上の小屋にたどり着いたのは、夕暮れ時だった。

「お疲れ様！　先にいただいてるわ」

室内には翠玉と護衛二人のみ。他の将たちは、自身の部隊の兵たちを労いに出ているのだろう。

「泰誠は？」

冬隼の後に、いつも一緒にいるはずの泰誠がいない事に翠玉が首をかしげるので、肩を竦めて見せる。

「潰れたから、天幕《てんまく》に転がしてきた」

「あらら、まぁ昨晩徹夜だったしね～泰誠」

泰誠が、あまり量を呑めない体質である事は翠玉も知っている。その上昨晩は少しの仮眠のみで、一晩中国境線に詰めていたのだ。疲れも溜まっているだろう。

冬隼の説明に納得した様子の翠玉が、杯を差し出した。護衛の双子が、ささっと退室していくのが視界の端に映る。

杯を受け取ると、二人で並んで窓辺に立つ。

夕日に焼け乾燥した大地には、未だ黒い帯のような線が入り、様々なものが散らばっている。

「これが戦なのね」

ぽつりと翠玉が呟く。その言葉がどういう感情を含んだものかは、分からない。

「あぁそうだ。前にも言ったが、今回我が軍に被害が少なかったのはお前の策のおかげだ」

言い聞かせるように見据えると、こちらを見返してきた意志の強そうな瞳が、「わかっている」と瞬いてまた戦場を向く。

「怖い事ね、策次第でこんなにも多くの人の命を左右してしまう。間違えましたじゃ済まないのよね……」

「怖いか？」

冬隼の問いに、「当たり前じゃない」と困ったような視線が返って来た。

「それを忘れなければ大丈夫だ」

そう言ってやると、翠玉がすうっと大きく息を吸って、吐いた。

「そうであるように、頑張るわ！」

いつもの明るい彼女の声だった。

多分彼女は今ここで、一つ階段を上ったのだろう。引き込んだのは他でもない冬隼だが、不思議と後悔はない。

そんな風に思う日がくるなど、彼女に出会った頃の自分には考えもつかなかった。

そう思うと自然と笑いがこみ上げた。

気づいた翠玉が、不思議そうに見上げてきた。

「いや、大したもんだと思ってな」

冬隼の元にこんな姫が嫁いできた事も、その女の策に自分が乗る気になったのも、そして様々な問題を抱えながらも、結局は完遂してしまうところも、全てひっくるめて、本当に大したものだと思う。

「最後まであなたが私を信じていてくれたからできた事よ？　泰誠からきいたわ。作戦の変更を打診してきた将もいたって」

小さく首を振り、結局は冬隼のおかげだという言葉に、彼はため息をつく。翠玉は、なぜか自己評価が低い。

「お前は転んでもタダでは起きん。絶対に次の手を考えてくると思ったからな。まぁそれでもあの手紙は突拍子もなくて驚いたがな」

今思い出しても笑えてくる、あの手紙の内容を思い出す。あれは本当に驚いた。

「どうしても、色欲に溺れた将軍と馬鹿女を演じた方が都合が良かったのよ！　こちらの思惑通り、私の事を切り捨てて、兵を分散させてくれて助かったわ」

冬隼につられて翠玉も笑い出す。

「多分あなたじゃなきゃ、私の狙いはわからなかったわ。最後まで私を信じてくれてありがとう。あと無月も！　あれは本当に助かったわ」

色々な事を思い出したように、クスクス笑う翠玉の肩を滑る髪に、気がついたら手を伸ばしていた。

「よくぞ無事で帰ってきた。よくやったな」

褒めながらくしゃりと撫でる。まるで子供のような扱いだと思いながらも、しかし今の冬隼にはこれが精いっぱいだった。

「しかし、よくあぁも騙せたものだな」

「う～ん……私の色香のおかげ……かな？」

何かを思い出したように、ふふんと妖艶《ようえん》に微笑んだ翠玉の表情は、確かに冬隼が見たことがないもので……彼女らしくはない。

「烈が言っていたのはこれだったのか……確かによく化けたな。お前らしくなくて怖い」

何だか恐ろしいものを見た気分だと、正直に告げると、言われた翠玉は盛大に噴き出して、やがて腹を抱えて笑い始めた。

「何だ？」

そこまで笑われる理由がわからず、眉を寄せるが、なおも翠玉は笑っている。

「何でもない！　やっぱりあなたは、あなたよね！　安心した！」

「何だそれは」

満足そうに言われ、更に意味がわからず首を捻った。

四章

翌日になると、今度は撤退の準備で慌ただしくなる。朝から皆それぞれの仕事に奔走しており、もちろん総大将の冬隼だって例外ではなかった。

そして休戦から、なんだかんだと三日が経った。

「なんか、こうも暇だと気が抜けちゃうわね」

翠玉は無月の背に揺られ、忙しくしている兵の間を縫って本陣へ戻る道すがらぼやく。

「本来であれば、ずっとこうであるべきだったのですから」

後ろに控えた樂が、取り成すように言う。

確かに……確かにそうなのだ……

今回翠玉の表向きの立場は、夫についてきただけの妻である。本来であれば、最初からやる事などないのだ。それが曲がりに曲がって、想定外にここまで忙しくしてしまっていただけなのだ。

表向き天幕《てんまく》にいるだけの将軍の妻が、敵陣に侵入して敵軍を誘導し、策にはめ、挙句敵将の一人の首を挙げるという武功を立てた。

完全に今回の戦の中心人物である。

一部を除いた一般の兵達には、武功も敵陣にいた事も知られてはいないのが幸いだ。

厩に無月を戻し、手入れをしてやり、天幕《てんまく》へ戻る。午後から何をしようかと、ぼんやり気を抜いたまま天幕《てんまく》に入り、予想だにしていない人物の姿を二つ認め、慌てて足を止める。

「戻ったか」

一人はこの天幕《てんまく》の主である冬隼だ。

「義姉上、お邪魔しております」

仏頂面《ぶっちょうづら》の夫のと向き合うようにして座していた若者が、にこやかな笑顔を向けてきた。

「悠《ゆう》殿下‼」

予想もしていなかった人物の出現に、声を上げる。年は二十代中盤、まだ少年の面影が残った顔立ちが、さらに年若く彼を見せている。

彼の名は、紅悠安《こうゆうあん》、冬隼の異母弟に当たり、この戦場のある甘州を束ねる立場にある。冬隼や、皇帝、次兄の雪稜ともまた違う、穏やかで物腰の柔らかい、優しげな雰囲気を持った青年である。

戦地に到着する前に立ち寄った廿州城で挨拶を交わしていたため、顔見知りではあるものの、こんな気の抜けた姿を見せて、平然としていられる間柄ではない。

「素晴らしいご活躍と聞いております。ご無事で何よりでございました」

にこにこと柔らかい微笑みと共に深々と礼をとられる。

「そんな！　お恥ずかしいです殿下！　ご心配をおかけして申し訳ありません！」

恥ずかしいやら、恐縮するやらで、あたふたと近づいて、翠玉も礼で返す。

「悠安、他言はするなよ」

慌てる翠玉を呆れたように一瞥《いちべつ》した冬隼は、弟に向かって釘を刺す。

「ふふ、わかっておりますよ、兄上！」

言われた悠安はそんな兄の忠告に心よく頷いて「さて……」と温和な笑みを少しだけ引き締めた。

「義姉上もいらっしゃったし、雪兄上からの報告をお伝えしましょうか」

「あぁ頼む。お前が自ら来たという事は、何かあったのだな？」

深刻そうに頷いたのは冬隼で、「こちらに来て座れ」と手で指示をしてくるので、翠玉は素直に従って、彼の隣の席に着く。

「まず、この地ですが。雪兄上のお考えとしては、今回利用した貯水池《ちょすいち》は、本格的な整備を行って拡大を図り、国境線の防衛及び国内の干ばつの際に利用する意向のようです。これを機に各州への設置も検討しているそうです」

悠安の言葉に冬隼が静かに頷く。

「雪兄上は以前から、水を治めたいと言っていたしな。何かあった時にはこうして武器となれば、敵も攻めては来づらい。無駄がないな」

戦のための突貫作業で作った貯水池《ちょすいち》だが、せっかく作ったのだから、きちんと整備をして民の生活に役立ててもらえるならこれほどいい事はない。

「甘州はこれからすぐに、貯水池《ちょすいち》の整備に取り掛かります。まずは視察も兼ねて僕が罷り越しました。他にも理由はありますけどね……」

「他？」

冬隼の問いに、悠安が頷く。

「後宮が何やら大変な状況のようです。謎の流行病《はやりやまい》で第一皇女殿下と第三皇子殿下が伏せっているそうです」

その言葉に、翠玉は息を呑む。隣にいた冬隼と視線が合う。彼もまた、翠玉と同じような顔をしていた。

「帝都で流行病《はやりやまい》だと？　そんな情報は聞いていないぞ」

先に口を開くことができたのは、冬隼であった。

流石に帝都の……しかも皇帝に近い後宮での事である。いくら戦をしていてもそんな大事が耳に入らないわけがない。

しかもこちらは帝都から万単位の人員を連れて出てきているのだ。感染者が混じっていたならば、軍内でも大流行してしまう。そうなれば戦どころではない。すぐにでも知らせが来てもいいくらいのものである。

「正確には、流行病《はやりやまい》の疑いという事のようですね。帝都内ではまだ流行は確認できていません」

そう言って、悠安は懐から一枚の書状を出すと、冬隼と翠玉に差し出す。どうやら雪稜から送られてきた様々な指示書の中に、同封されていたらしい。冬隼にも一応伝えて欲しいという要請も書かれていた。

内容を一通り読んで、また冬隼と翠玉は顔を見合わせる。

概要としては、流行は帝都でなく、宮廷内だけで起きているようだという事。

第三皇子と第一皇女は年が同じであるため、勉学などを一緒に行う事が時々あるらしく、最初は第三皇子が体調を崩し、その時一緒にいた第一皇女が追うように体調を崩した。

現在二人は高熱が続き、意識混濁、生死に関わる恐れがあるとの事だ。

二人の様子からこの病は感染をするものではないかと、医師たちが懸念している。今のところ、他の皇子、皇女を隔離《かくり》しているそうだ。現状看護の者にはうつっていないため、子供特有の病なのではないかと考えられている……という事だ。

「どう思う?」

冬隼に問うてみる。

「医者が分からないもの、というのが恐ろしいな」

「しかも、発生源が後宮から。そんな事あるの?」

「それもなかなか珍しいな」

流行病《はやりやまい》というものは、街中など、人の往来の激しい場所から出るのが普通なのだ。宮廷内、こと後宮に関しては人の出入りは極端に限定されている。なのにそこが、発生源であるのだ。

何かの事象が重なり発生したのか。はたまた何かの意図が働いたのか。

「嫌な予感がするわ」

ポツリと呟くと、冬隼もゆっくり頷いた。

第三皇子は世継ぎ候補の一人である。そして、第一皇女といえば泉妃の娘。第一皇子の爛皇子と生活を共にしていたはずだ。

もしこれが、何かの意図が働いたものならば……

考えて、背筋が冷えた。

「私、先に帝都に戻るわ」

思い立って冬隼を見上げる。冬隼もまた、同じように険しい顔をしていた。そして一度瞳を閉じて、何か思案した後に、首を振る。

「そうしてくれ、と言いたいところだがダメだ。お前だって命を狙われている事を忘れるな」

「でも！」

「これが罠の可能性もある。慎重に動かねば……」

言い聞かせるように、翠玉の肩に冬隼の手が乗る。心なしか、力が入っているように感じた。

「悠安。中軍をこちらに置いて、二日後にはここを発つが問題ないか？」

冬隼の言葉に、悠安がクスッと笑う気配がする。

「そう言われると思って兵糧の準備はできています。中軍を残していただけるなら、あとはこちらで片付けますよ」

悠安にとっては、兄の決断は想定内だったようだ。

「すまんな」

流石だなと、冬隼が苦笑し、翠玉の肩を二度叩いた。早急に帝都に戻る段取りはついたから、一人で勝手に無茶な事はするなよと、釘を刺しているのだ。

全くこの男は、最近どこまでも翠玉の行動が読めるらしい。仕方なしに、「承知した」と頷く。

◇

予告通り二日で、帰路につく段取りが整った。

出立の朝、翠玉と冬隼は、二十ほどの兵と先行して隊を離れた。隊列を組み帝都へ向かうには歩兵に合わせて進まねばならないため、どうしても騎馬の倍以上の時間がかかってしまう。

軍を泰誠に任せ、途中馬を何度も代えながらの強行軍で、ようやく帝都に着いたのは、出発から一週間経った日の夕刻であった。

ここ数日馬に乗りっぱなしだった尻が痛みを訴えるのに鞭を打ち、すぐに後宮に向かう。固く閉ざされた後宮の門前で、見知った人影が二人を待っていた。

「ご苦労だったな。そんな中、更に大変な思いをさせて申し訳ない」

若干の疲れを顔ににじませた、冬隼の次兄の雪稜であった。

「今、後宮はまずいからな。こちらだ」

そう言って、正殿に向かって歩き出す。

疫病が後宮で出ているのだから、隔離《かくり》が厳重なのも頷ける。日暮れ時でもあるせいか、宮中全体が重苦しく、どこか緊張した雰囲気にまとわれているように感じた。

雪稜について、宮殿の奥へ奥へと進む。翠玉にしてみれば、こんな奥まで入ることなど滅多にない。

隣の冬隼を盗み見ると、行き先の予想がついているのか、彼は歩きながら、さりげなく腰の剣を手に持ち替えていた。

なんとなく翠玉も、行き先の予想がついたのでそれに倣う。しばらく歩くと、回廊に二人の衛士が立っていたので、冬隼に倣い剣を預け、先に進む。

繊細な彫刻に、金や朱、緑などの鮮やかな色彩が塗られた豪奢な扉が見えてくると、聞かなくても、ここが目的地なのだろうと察せられた。

扉の前に着くと、雪稜は軽く扉を叩いて、すぐに開いた。

「遠路すまないな。まずはおかえりと、言っておこうか」

扉の向こうに立っていたのは、やはり皇帝だった。ここは皇帝の執務室のようだ。

「二人とも疲れただろう。茶を入れさせた。とりあえず掛けなさい」

三人を迎え入れ、室内の椅子を勧める皇帝は……こちらも疲れた顔をしている。

勧められるままに、用意された席につく。

芳醇な香りの茶と、色あざやかな菓子が並べられていたが、手を出す気にはなれない。

「二人ともご苦労だった。活躍はここまで聞こえてきているぞ。無事の帰還を嬉しく思う」

席につくと、早速と言うように、皇帝が口を開く。

「兄上、ありがとうございます」

冬隼も翠玉も頭を下げる。

「して、今の状況は？」

顔を上げるやいなや冬隼が本題に入るよう促すと、皇帝も雪稜も小さく頷く。

「良くはない。皇子は生死を彷徨《さまよ》い三晩になるし、皇女は衰弱が激しくいつどうなるか分からん」

あまりの状況に息を呑む。二人の様子から深刻な状況である事は予想がついていたが、ここまで差し迫っている状況であったのか。

「他のお子様方と各貴妃様方は？」

翠玉の言葉に雪稜が答える。

「皇后陛下は今、感染拡大の防止に奔走中だ。廟妃は皇子につききりで看病をしておられる。劉妃は宮に篭っておられてどうしているのか……決められた者しか通さない徹底ぶりだよ」

困ったようにため息をつく雪稜と皇帝に、翠玉は苦笑する。異母姉の行動には、予想がついていたので、驚きもない。

それよりも……

「泉妃は？」

第一皇女の母は泉妃である。第三皇子の母の廟妃が皇子についているのなら彼女もそうなのだろうか。

翠玉の言葉に皇帝が視線を落とす。

「泉妃も皇女の側に行きたいが、実は少し前に懐妊《かいにん》が分かってな……今は他の子供らと皇后宮に身を寄せているよ。この病は子供にしか感染しないらしいが、腹の子への影響は分かっていないから……」

「そうですか、このような状況下でなければ、喜ばしい事でございますのに……」

病身の子供に付き添えない母の気持ちはいかほどだろうか。

「めでたいことだが……今は手放しに喜べん」

ため息交じりの皇帝の声は、いつもの覇気など微塵も感じられない。憔悴しきった一人の父親の顔である。

そんな兄を気遣うように、雪稜が説明を代わる。

「とにかく、後宮で発生したものを、民の生活の場に出してはならない。しばらく後宮は閉鎖して、人の出入りを制限しているところだ」

どのように考えても、それが今できる最善の対応であろう。

「兄上、何かできる事があれば、言ってください」

冬隼の言葉に、皇帝と雪稜が参ったように視線を落とす。

「冬、ありがとう。我々にもできる事がなくてね。一緒に祈ってくれ」

もどかしさと、悔しさと、悲しみが全て混じった声だった。

雪稜より仔細の説明を聞くところによると。

皇子、皇女共に、高熱に加え、身体中に発疹《ほっしん》が出るのが現在の主な症状であるらしい。まずはじめに、第三皇子が発症し、その二日後に第一皇女が発症した。この二人は、第三皇子の発症当日の朝に接触しているらしい。

程度は、第一皇女がひどく、高熱による衰弱が激しいという。

「いつもこの季節、市街に子供の流行病《はやりやまい》がよく出るとか、すでに出ているとかいう情報はないのですよね？」

翠玉の問いに雪稜が首を振る。

「特にはないですね。しかし、接触した二人が時間差でかかっているので、今のところ子供特有の流行病《はやりやまい》の線が濃厚だと、医師達は見立てています」

「今までに、この症状の病が、この国で流行した事は」

「ないですね」

きっぱりとした返事が返ってきた。おそらく、過去の記録も引っ張り出して探したのだろう。そうであれば、突然出てきたものなのか、もしくは国外から入ってきたものなのか。

「発熱の最初の頃は光を眩しがっていたとも、医師達が言っていたな」

思い出したように皇帝が口を開く。

「眩しがる……」

小さく口の中で呟く。

「どうした？」

考え込む翠玉に、冬隼がハッとする。

彼が随分と翠玉の行動を読んでいる事に気づいて、翠玉は苦笑する。

「あの、明日、お子様方に会えないでしょうか？」

無理にとは言いませんが、ちょっと気になる事がと付け足して、皇帝と雪稜を順に見る。二人とも一瞬驚いた表情をしたものの、互いに顔を見合わせて、「調整しよう」と頷いてくれた。

◆

翌朝早く、雪稜の名前で使者が来て、翠玉が後宮に入る許可が出たと告げた。

その報を伝えるために翠玉の室を覗くと、そこにはすでに後宮を訪ねるための装いをして準備万端の翠玉がいた。

見舞いという名目であるため、派手すぎない簡素な装飾に、柔らかい緑色の衣装をまとっていた。

昨日までの砂埃にまみれた姿とは一変、どこからどう見ても、良家の夫人である。

「流石、皇帝陛下にお願いしただけあるわね！　話が早くてありがたいわ」

「いつものごとく、見事な変わりようだな」

「落ち着かないし、肩凝るのよね〜。昨日までの格好が楽すぎたわ」

感心したように感想をもらせば、翠玉ははぁ〜っと大きなため息を吐いた。すでに随分と疲れている。

戦場からの移動で疲れている……わけではない。

昨日、帰宅してからの一悶着を思い出して、冬隼はつい口元が緩みそうになり、慌てて引き結ぶ。しかしそれを翠玉は見逃さなかった。

「人事だと思って！　陽香も桜季も張り切りすぎなのよ」

うんざりとしたように再びため息をついて嘆く。

今回、戦場には衣装や化粧など、翠玉の身の回りの世話をする侍女は伴っていなかった。

翠玉が拒否したのもあるが、まぁ戦場だ、当然の事でもある。

乾季の平原の風を長い事浴びた髪や肌は荒れ、日にも焼けた。男である冬隼はもちろん、翠玉自身もそんな事は、全く気にもとめていなかったのだが。

戻った翠玉の姿を見るなり、侍女長と普段のお世話係の二人が、大騒ぎだったのだ。

「奥方様！　なんというお姿！　そのようなお姿で旦那様と共におられたのですか!?」

「私が何よりも大切にしてきた翠姫の御髪が！　お肌もボロボロではございませんか！　爪もあれほど大切に大切に艶と形を保っていたのに!!　なぜここまで放って置かれたのですか！」

一人は憤慨《ふんがい》、一人は悲嘆に暮れ、騒がしい事この上なかった。

「きちんとする！　ってお約束したではありませぬか！　ですから私は帯同《たいどう》を諦めましたのに！　お渡しした手入れ用品はどこへ行ったのです！」

「荷物になるから、本隊が持ち帰る荷に入れてきたわ」

そんなものがあったのか……と密かに冬隼は思った。同じ天幕《てんまく》内で生活していたが、そんな荷を使っているところは見た覚えがない。

そんな事を考えていると、不意に翠玉と視線が合う。

目が「黙っていろ」と言っていた……まぁ、そういう事だ。

余計な事は言うまいと冬隼がだんまりを決め込んでいるうちに、翠玉は、風呂だ垢すりだ何だかんだと言われながら女達に連行されて行き、遅くまで部屋には戻って来なかったのである。

そして早朝から、火がついた女官達はここぞとばかりに翠玉を飾り始め、今の翠玉が出来上がったのである。

「朝からどっと疲れたわ」

気だるそうに、長椅子に腰掛け、窓枠にだらりともたれかかる。そんな姿を女官達にでも見られようものなら、更なる説教が飛んでくるだろう。

朝日に照らされ、翠玉の髪に飾られた装飾がキラキラと光る。そうして窓辺に静かに寄りかかっている姿などは、儚げで女性らしく、色香を感じさせるものでもあるのだが。

「あーお尻が痛い」

口を開けば台無しだ。確かに昨日までの数日、朝から晩まで馬を駆っていた。しかも馬を途中で代えながらであり、乗り馴れた愛馬でもなかったため、尻の痛みとの戦いではあったのだが。

「おまえな……」

呆れてため息が出た。

その後に出かかった、きちんとしていればそれなりなのに、と言う言葉は飲み込んだ。

そんなところもひっくるめたのが彼女の魅力なのだ。もし、美しく儚げなだけの女であったならば、きっと冬隼はこれほどまで翠玉に関わる事もしなかっただろう。

「それで……その大荷物はなんだ」

気を取り直して、彼女の足元に積まれている紙の束を指差す。古い用紙を束ねて括ったものが数冊、縄でまとめられて、持ち運べるようになっていた。

「あぁこれ？　今日持っていこうと思っていて……色々ね、私や母が見聞きしてきた事が書き留めてあるの」

まぁこれが役に立つのが、いいのか悪いのかは分からないけどね。と困ったように笑う。

「何を掴んでいるんだ？」

「まだ何も、実際見てみないと分からないわ」

受け流すような返答に、これ以上聞いてもムダだと判断する。翠玉には何か考えがあるのだろう。

彼女の肩に手を置くと、不思議そうに見上げる視線と目があった。

「何かあった時はすぐ言えよ、俺は雪兒上の執務室で待つからな」

ふふっと笑い、手を置いた細い肩が揺れる。

「うん、ありがとう。頼りにしてるわ」

ひやりと、冷たい翠玉の手が、重ねられる。

普段、体温が高めな彼女にしては、珍しい。

◆

「まずは、ご無事で何よりです。本来ならば祝いの席をもうけるところ、このような状況で申し訳ない」

顔を見て開口一番すまなそうに口を開いたのは皇后だった。

「とんでもございません。このような大変な折にわがままを聞いていただき、ありがとうございます。ご心配ですね」

簡単に礼をとり、皇后の側に立つ泉妃にも声をかける。皇女が心配であると同時に、妊娠による体調不良で一日のほとんど伏せっているとは聞いていたが、最後に会った時より随分と痩せていた。顔色も悪く、かなり無理をして出てきているようだ。

「どうか！　どうか皇女にお伝えを、母は祈っていると」

ふらふらと近づいてきて、翠玉の手を強く握った泉妃の大きな瞳からは、ポロポロと涙が溢れる。

「必ずやお伝えいたしましょう」

安心させるように肩に手を置いて、なだめるようにさする。触れてみるとさらに彼女の体の細さが分かり、思わず顔をしかめそうになって、慌てて取り繕うように微笑む。

「ご報告に上がりますので、どうぞお部屋でお待ちください。お腹の御子に障ります」

翠玉の言葉で、皇后が側仕えの者達に目配せをする。女官達は泉妃の体を支えると、ゆっくりと向きを変えさせて、皇后宮への道を戻っていく。

その後ろ姿を皇后と並び見送る。

「随分とお痩せでいらっしゃいますね」

「悪阻がひどい上に、精神的にも良い状態ではないゆえ、可哀想だ」

悪阻とはそんなに大変なものなのか、と口に出そうと思ってやめた。子を持たぬ皇后にも分からないだろう。

そんな事よりも、今はもっと差し迫った話をしなければならない。そして翠玉と同様に皇后も同じ事を思ったのだろう。

「早速、泉妃の宮へ案内いたしましょう。グズグズしておったら、不安になった泉妃が床を出てきてしまう」

泉妃の姿が見えなくなると、皇后はすぐに向きを変えて、泉妃の宮の方へ向かう。翠玉も頷きそれに従った。

泉妃の宮は、皇女が発症してから隔離措置《かくり》がなされ、数名の側仕えのみが残されていた。以前来た折には、庭に子供達の笑い声が響き渡り、賑やかで明るい印象であったが、今は暗く寂しげな雰囲気を醸し出していた。

案内された皇女の部屋に入ると、庭に面した部屋であるはずなのに、幕が引かれ薄暗く、ひんやりと冷たく空気が澱んでいた。

側についていた女官が、二人の姿を確認するや深々と礼をとった。

「冬殿下の奥方様だ。色々教えてやってくれ」

戸口で、その女に声をかけると、皇后は翠玉を室内へ促す。

「私がこの部屋に入る事を、陛下はお許しでないので……」

どうやら、ここからは翠玉だけが入る事が許されているらしい。伝染病のある場所に、一国の皇后を入れない対応は、当然であろう。むしろここまで案内役をしてくれただけでも、申し訳ないくらいだ。

促されるまま室内に入ると、すぐに扉が閉じられる。あまりこの宮に皇后を置いておく事も良くはないという配慮だろう。

翠玉はすぐに皇女の寝台に近寄った。

皇女の容体はひどく、意識も混濁しているようだ。覗き込んだ皇女の小さな体は、浅い呼吸を繰り返し、グッタリとしている。まだ十にもならない幼子のこのような姿に胸が痛んだ。

両目に布をかけられ、瞳は隠されているため起きているのか眠っているのかは判断できない。

「この目の布は？」

「これほど部屋を暗くしても眩しがったので、このようにしております」

側仕えの女の説明を聞き、胸が詰まった。

ここまで進行してしまったのか……

「香蘭《こうらん》様、翠玉にございます。申し訳ございませんが、お目を少し見せていただきますね」

近づいて声をかけるが、皇女から返事はない。意識がないのか、はたまた返答をする気力がもう残っていないのかもしれない。

構わず翠玉は、目に当てられた布を取る。母譲りの大きな瞳は閉じられ、長い睫毛だけがかすかに揺れただけだった。

「失礼いたしますね」

そう言って下瞼《まぶた》を下ろして……息を呑んだ。

露わになった目が、黄ばんで見えるのだ。

すぐに瞼《まぶた》を戻し元のように布をかけてやる。

布をかけながら、首元を見ると、無数の蝶が羽を広げたような発疹《ほっしん》が襟元からのぞいている。

「この発疹《ほっしん》は、どこまである？」

「顔から下、ほとんどの部位にございます」

言われて布団をめくり、袖を捲ってみると、上腕から前腕まで満遍なく発疹《ほっしん》は広がっている。続いて指先を確認する。

「皮がめくれてきているわね」

「え？」

知らなかった様子の侍従《じじゅう》にも見せてやる。

ほんの小さな変化ではあるが、爪と皮膚の間から、硬くなった皮膚が浮き、皮がめくれかけている。

「ありがとうございました」

皇女の腕を元に戻し、布団をかけ直すと、屈んで、耳元に顔を寄せる。

「よくここまで頑張られました。すぐに良くなりますゆえ、もう一踏ん張りなさってくださいね。お母上はお側におられませんがずっと一緒に戦っておりますよ」

暗い室の中、不安な時に隣に母の姿がなく、どれほど心細くて寂しかった事だろう。

すぐに、寝台を離れ退室する。

室の外には、来た時のままの様子で、皇后が立っていた。翠玉の用件が終わるまで、ずっと待っていてくれたらしい。

この後、さらに申し訳ないお願いをする事を余計に申し訳なくなる。

「検討がつきました。申し訳ありませんが第三皇子殿下にも会わせていただけないでしょうか？」

◆

息を切らした翠玉が雪稜の執務室に入ってきたのは、冬隼が彼女を送り出して一刻ほど経った頃だった。

彼女の慌てた様子に驚いた以上に、後宮にいるはずの皇后も伴っていた事にさらに驚愕する。

「皇后陛下！　どうして⁉」

雪稜と共に慌てて腰を浮かせたが、そんな事は翠玉の目には入っていなかった。

ズカズカと室の中まで入ってきて、冬隼の側に置かれている書の束の前の床に、あろう事か、直に座った。

最早、彼女の頭の中には、ここが宰相の執務室である事や、自分が身につけているものが繊細な生地の衣装である事は微塵も残っていないだろう。

「確かここに、もう少し先かしら……違うわ……ここでもない！」

ブツブツ言いながら、自身が持参した書の束の一冊を取って、項を捲る。

冬隼が説明を求めて、同行していた皇后に視線を送るも、良くわからないのだと首を振られた。

「とりあえず、兄上に声をかけてこようか……」

翠玉の様子に驚きながらも、何かあると踏んだのだろう、雪稜は長兄である皇帝を呼ぶため退室していく。

「あったわ!!」

何を言っても無駄だろうと思い見守っていると、唐突に翠玉が声を上げた。

どうやら何かが、見つかったらしい。

正面に腰掛けた皇后と目が合うと、困ったような微笑みを返された。

翠玉の無茶苦茶に慣れてきた冬隼だからこそこうしていられるが、皇后はきっと見た目以上に混乱しているだろう。

あからさまに顔に出さないのは流石に一国の皇后である。

そうこうしているうちに皇帝を連れた雪稜が戻ってきた。

翠玉はというと、皇帝の来室にも気づかない様子で書の一点を食い入るように見つめている。

「何か、わかったのか？」

冬隼が恐る恐る問うてみる。返事は返ってくるのだろうかという不安はあったが、すぐに「う～ん」と、悩んでいるような声が返って来た。

「伝染病じゃないのよ。これ……毒だわ！」

書から目を離さず返ってきた答えに、その場にいた翠玉以外の全員が、息を呑んだ。

「おそらく、お二人とも時間差で服毒《ふくどく》なさったのだと思うわ。何に入っていたのかはわからないけれど、皇子殿下から、皇女殿下に伝染したように見せかけるように仕組まれていたのだと思う。その後看護の者にも誰にも伝染していない事を考えると、可能性は高いわ」

早口でそこまで話して、ようやく顔を上げた翠玉は、そこで皇帝の姿を確認し、慌てて礼をとる。

「皇帝陛下!! お見苦しいところを!」

ようやく気がついたのかと、ため息が出たが、今はそこに触れていられる状況ではないだろう。

「よい、翠玉殿。話を続けてくれ。なぜ毒と分かったのだ?」

皇帝も同じ考えのようで、翠玉に顔を上げさせる。顔を上げた翠玉は、手にしていた紙束をこちらに向けて開いてみせる。

「私が祖国にいた際、一時同じような症状で亡くなる兄弟や貴妃がおりました。皆、こちらの記録のような症状でした」

そう言って、書の一部を指でなぞって見せる。そこには女性の走り書きのような丸い文字が並んでいた。

【症状】
　初期……下痢、嘔吐、その後高熱、光を眩しがる
　中期……高熱から意識混濁、全身に蝶のような発疹《ほっしん》、眼球が黄色になる
　後期……痙攣、手指の皮が剥がれる、死亡

　最後の言葉を見て、冬隼は背筋が凍った。

「医師の報告と症状は一緒だな」

　皇帝が唸る。

「今のところであれば、皇子も皇女も中期であると……」

　紙束を覗き込んでいた皇后が顔を上げて言った。

「いえ、先ほど確認したところ、皇女殿下には手指の皮が浮いてきている様子が確認できました。皇子殿下は大丈夫でしたが時間の問題かと……」

　翠玉の言葉がその場の空気を更に重くした。

「解毒は……。なんとかならんのか」

　皇帝の言葉に翠玉が頷き、更に下の記述を指差す。

「後から分かった事なのですが、この材料で作った薬が有効であったそうです」

先ほどとは違う筆跡で、いくつかの生薬《しょうやく》や、見た事のない植物らしきものの名前の羅列があった。

「これを服薬させてから、この症状での死者はいなかったと記憶しております」

これならば二人を助けられると、力強く翠玉が全員を見渡す。

「雪、すぐに医師をここへ！」

「はい！」

最初に動いたのは皇帝だった。次いで雪稜が急いで室を後にすると、ほどなくして三人の宮廷医達が執務室にやってきた。

腰が曲がり、杖をついた老人の医師と、母ほどの年齢の小太りの中年の女性、そして翠玉達と同じ頃の、ひょろりと背の高い青年だった。

「確かに……記述と現在の殿下方の症状は一致いたしますな……」

翠玉の持っていた書をながめると、老人医師はふむふむと頷く。

「これにかけてみない手はないでしょうなぁ。あとは材料が手に入るものであるかですが……」

そう言って、「ほれ」と後ろの女性に束を渡す。

「失礼いたします」と受け取った女性が目を移すと、険しい表情になる。

「ほとんどはございます。しかしこの桂竜《けいりゅう》の実は、我々は聞いた事がございません」

「え⁉　そうなの？　祖国ではあちこちにあったけど……」

翠玉によると、桂竜の実は低い棘のある木に寒季の終わる頃実る、黒く硬い実だそうだ。清劉にはいたるところにあったという事だが……

「我が国の気候では育たないものなのかもしれませんな」

「たしかに、この国に来て、桂竜の実がなる木を見た覚えがないかもしれないわ」

老人医師に言われて、翠玉はそう遠くない記憶をたどる。落ちこぼれ達の訓練で山に入った時も一度も遭遇しなかった。あのような山などには、必ずあるはずなのに。

「そうなると毒自体も、当国にはない類のものかもしれませんね」

「可能性は高いでしょうな」

女医師と老人医師が考え込み始める。

「今から調達するには日がかかるな……しかし子供達が持つかどうか……」

額に手を当てた皇帝が、悔しそうに唸る。あと少しで我が子の命が助かるかもしれないのに、小さな実一つでそれが叶わないかもしれないのだ。

今確実に存在が確認できるのは、清劉国だ。

この帝都から、清劉国境まではどんなに急いでも片道で七日、帰りを含めると手元に桂竜が届くのには十四日もかかる。

しかも今は乾季である、これからは寒季に向かっていくのだ。

つまり、今手に入る桂竜の実は、一番新しいものでも、昨年の寒季に獲れたものになるのだ。適当に実っているものを獲ってきたらいいという、簡単な話ではない。

一同に沈黙が流れる。

「一つだけ……心当たりがあります」

しばらくして、翠玉が覚悟を決めたように口を開いた。全員の視線が彼女に集まる。

そんな中、翠玉はゆっくりと皇后へ視線を移す。

「皇后陛下、後宮で少々無礼な振る舞いをいたしますが、お許しいただけますでしょうか？」

「子供達の命に比べたら！　私が一切の責を持ちましょう！」

すぐに皇后は力強く頷いた。

「では、劉妃の宮への訪問の許可をくださいませ」

「劉妃の宮ですか？　籠りきりゆえ、出てこないのではないでしょうか？」

雪稜が懸念の意を表す。後宮の感染対策にも独自路線を通し、協力しようとしない劉妃である。可能性は大いにある。

分かっている、と翠玉は大きく頷いた。

「私が行きます。大丈夫です。劉妃も開けざるを得ないと思います」

◆

「あまりに急な申し出ゆえ、いくら皇后陛下とはいえ、お通しできませぬ」

劉妃の宮の門前、取り継ぎに出てきた中年の女官はその場にいる皇后、翠玉、冬隼に冷ややかな視線を向けてきた。

「無礼は承知の上だ。火急の用事ゆえご配慮をいただけまいかと伝えてもらえないだろうか？」

「恐れながら、後宮内の往来を最小限にとどめよとおっしゃったのは確か皇后陛下のはず。なぜその最中にこれほど外部の人間を、宮に入れなければなりませんのや。この宮には惺《せい》殿下がおられる事をお忘れでございましょうか？」

皇后の懇願にも、女官は呆れたようなため息をこぼす。

一国の皇后に対し女官が取る態度ではないのだが、主人が主人ならば、従者もまたしかりか……と、翠玉はため息をつく。

「失礼いたします」

「しかし！」と言いかけた皇后を無視して、女官は門を閉め始める。

手で制そうとする皇后よりも先に、翠玉の脚が動いた。

ガツンという音と共に、左足に痛みが走る。しかし、さほど気にならなかった。

周囲の空気が、凍りついた。

なにをなさいます！　と言いかけた女官が言葉を飲んだ。あまりにも至近距離に、主人の妹である翠玉の顔があったためだ。

閉じようとした分厚い門扉に、左足を押し込み、手で扉を押さえ込んでいる。

「劉妃に伝えなさい。至急の用事です。あなた様の命運……ひいては惺殿下の進退にも関わる事だと。女官が門前で判断して良い事柄ではないの！」

下から睨み上げた翠玉の瞳は冷たい色を含んでいた。女官にはなぜかそれが、苛烈に怒った時の主人よりも、恐ろしく感じた。

「しょ、承知いたしました！」

早く逃れたい一心で、女官は、扉から離れ、廊下を小走りに駆けて行った。

しばらく、その場に三人で待つ事となる。もちろん翠玉は門に足を差し込んだまま
まだ。

少し待つと、思いの外早く先ほどの女官が戻ってきて、翠玉のみを通す事を許可

すると言った。

「皇后を締め出すとは、本当に失礼極まりないわね！」

聞くやいなや、翠玉が憤慨《ふんがい》するも。

「致し方ありません。時間もございませんゆえ」

皇后がなだめる。

「一人で大丈夫か？」

冬隼は不安そうだ。何度かこの姉妹の喧嘩を見ているため、嫌な予感が拭えないのだろう。

「大丈夫よ。喧嘩しに行くわけじゃないから」

軽く笑って手を振ると、ため息と共に「頼むぞ」と言われる。どれほど信用がないのかと苦笑いしながら、女官について、門をくぐった。

扉の先は回廊が続いていた。整備された色とりどりの花に囲まれた回廊から、建物に入る。建物の作りや装飾は、泉妃の宮や皇后宮とさほど変わらない。予想通り、建物に入り、数歩歩いたところにある扉に案内された。

応接の間だ。

一般的に身内でない外部の者をもてなす際に使われる部屋で、泉妃の宮でも、皇后宮でも、この部屋に翠玉が案内をされた事は一度もない。それだけ、渋々の招き入れだと劉妃は言いたいのだろう。

「お連れいたしました」

女官が声をかける。驚いた事に、もう劉妃は中にいるらしい。そのまま扉が開かれ、どうぞと女官に促される。

室には、相変わらずの美しい顔をした、苛立ちを隠そうともしない様子の劉妃が立っている。

「失礼いたします」

室内に足を踏み入れ、礼をとると、背中でバタンと扉が閉じられた。

「このような折に、突然の来訪とは無礼な、そなた何を考えておる」

パチンパチンと扇子の端を開いたり閉じたりしながら忌々しげに睨んでくるが、気にする事なく、すっと背筋をのばす。

翠玉の一言一句が命運を分けるのだ。

「お子様方の命がかかっております。子を持つ親であればご理解いただけるかと思いまして、無理を承知でまかり越しました」

はっきりと告げる翠玉の言葉に、ふん、と劉妃が嘲笑を浮かべる。

「子を産んだ事もない者が、知ったような口を！　何用だ」

棘はあるものの、聞く気になってはいるらしい。そうであるならば彼女の機嫌を損ねぬうちに話をしようと口を開く。

「今、後宮を騒がせているこの流行病《はやりやまい》、皇帝陛下はじめ、医者達は毒が原因かと推測しております」

「ほう」

翠玉の言葉を聞いてもなお、劉妃は大して興味もない様子で、嘲笑を浮かべている。

「現在の皇子、皇女殿下の容体は一刻を争う事態にございます」

「聞き及んでおる。そんな事を話しにわざわざ来たのかえ？」

ゴクリと唾を飲んだ。この人は気づいていないのか。

いや、もしくは知っていて無視しているのかもしれない。

後者であるならば……。喉の奥に苦いものを感じながらも、翠玉は話を続ける。

「今回のお二人の症状ですが。我が兄庸勇《こうゆう》、そして幾人かの異母兄、貴妃達が服して亡くなった黄毒の症状と酷似しておりました」

ピクリと、劉妃の形の良い眉が動いた。

彼女が知らないはずはないだろう。その毒で数々の命を奪ったのは他でもない彼女の母であるのだから。

中毒の過程で、眼球の色が黄色味を帯びる特徴から、黄毒と呼ばれた。

あまりにも死者を出したため、祖国では解毒薬が開発され、今は服毒《ふくどく》してもすぐに治るようになっている。

「あの、黄毒か」

劉妃の言葉に頷く。

「運良く祖国より、解毒薬の配合を控えたものを持ってきておりました。これであれば解毒薬を作れると思ったのですが。解毒に必要な桂竜がこの国にはないのです」

「桂竜か」

すぐにピンと来たのだろう。小さく頷いている。それくらい清劉国の人間にとってはよく目にする実であるのだ。

「姉上、お持ちではありませんか？」

「私が桂竜を持っているとな？」

途端、不愉快そうに睨《ね》めつけられる。

「はい。桂竜は多くの中毒の解毒薬に使えますゆえ、皇子の母である姉上が常備していないとは考えられません」

怯まずに背筋を伸ばし、劉妃を真っすぐ見つめる。

「子二人の分で結構でございます。どうかお分けいただけませんでしょうか」

頭を下げる。この女に対しこれほど屈辱的な事はないのだが、そんな事を言っていられる場合ではない。

ふぅと劉妃が息をつく気配がある。

「そなたに珍しく、随分愁傷《しゅうしょう》な態度だな。しかし残念だが、持っておらん。だいたい何の義理があってそなたにやらねばならぬのか」

劉妃は冷たく言い放ち、去れと手を振る。

やはり一筋縄ではいかないか……

内心、快くとまでいかなくとも出してくれるのではと期待していたのだが。やはり、どこまでも、彼女はあの頃のままだ。

「そうですか、残念でございます。ではご忠告だけ申し上げて失礼させていただきましょう」

仕方ないと、頭を上げて異母姉を見据える。

「今回の毒は、この国では知られていないもの。そして解毒薬に使われる成分は祖国もしくはその界隈でしか採れないものです。毒の成分も祖国由来のものの可能性があります」

「そなた、この期に及んで何が言いたいのだ」

翠玉の言葉に剣呑な表情でこちらを見返してくる。この人も馬鹿ではない。今の言葉で翠玉が言いたい事が分かってきたようだ。

「最も怪しいのはその国出身の我らだということです。誰がどう見ても」

劉妃が息を呑むのがわかった。もうひと押しだ。

「私は夫に帯同《たいどう》し戦に行っておりましたので、長期間不在でございました。そうなりますと」

「私の仕業だといいたいのか!!」

今日初めて、彼女の感情が大きく揺れた。

怒りに任せて睨みつけてくる劉妃に対して、わざとらしくため息を吐く。

「知りませんよ、あなたがやったかどうかなんて。ただ、一番疑われるのはあなた様です。動機も十分ある」

やれやれまた癇癪《かんしゃく》が始まるのかと思った矢先、パキッと扇子の折れる音が室内に響く。

「無礼な！　憶測で私を貶めるとは！」

「ですから、一人で参ったのです！　今ここで、あなたが桂竜を持っていて、子二人のために惜しみなく出していただけるなら、皆はあなたに感謝するでしょう。もし、それもできず子供達が亡くなったら、残念ですがあなた様に疑いが向くでしょうね。ただでさえ客観的に見て現状一番、あなた様が怪しいのだということをご理解なさった方がいい」

　ギリッと唇を噛む劉妃に向かって突き放すように言葉を投げつける。

　しばらく無言で睨みあうが、らちが明かないため、作戦を変える事にする。

「姉上、同郷の私もあなたが疑われると不都合が大きい。本当に桂竜を持っておりませんのか？」

　これが最後の機会だ。

「っ……しばし……待て」

　劉妃は忌々しげに言い捨てると、戸口に立っている翠玉の脇を乱暴に通り過ぎ、退出した。

　しばらく待つと、荒々しい足取りで戻ってくる。

　退出した時と同じまま扉近くにいた翠玉に、何も言わずに白い包みを差し出した。

「これだけあれば二人分は容易いだろう。あくまで皇子と我が身を守るために持っていたものだ、いらぬ勘ぐりをするな」

　質素な白い布の袋の中には、馴染みのある親指の爪ほどの大きさの黒い実が、ふた掴みほど入っていた。

　劉妃を見上げる。

「皇后陛下に是非役立てていただきたいと伝えるがいい！」

本意ではない表情を隠そうともせず、さっさと去ねと手を振られる。

「ありがとうございます」

深々と礼をとり布袋を握りしめる。それと同時に先ほどの女官が、出口まで送るため入室してきた。どうやら早急に出て行けということらしい。

女官について室を後にしようと、廊下に出る。

「そなた、後宮の事にあまり首を突っ込むな。命を落とすぞ」

扉が閉まる寸前、扉の隙間から劉妃の忠告めいた言葉が背を追ってきた。

「え？」

思いがけない言葉に慌てて振り向く……しかし、すでに扉は閉まっていた。

「こちらでございます」

少し先で待つ女官に促され、慌ててその後ろに追いつく。

今のは……どういう事だろうか。

まるで何か裏を知っているかのような口ぶりだった。

宮の門を出ると、分かれた時のまま、冬隼と皇后が待っていた。

「大丈夫か？」

すぐに冬隼がやってきて、翠玉を観察する。どうやら前回翠玉が劉妃とやり合った時の事を思い出しているのだろう。

「今日はどこも怪我してないわよ？」

何だかそれがおかしくて、一気に緊張の糸が切れて笑みが漏れた。

そして、翠玉と冬隼に遠慮がちに近寄ってきた皇后に白い袋を差し出す。

「快く分けていただきました。どうかお子達の治療にお役立てくださいとの仰せです」

「ありがたい。すぐに薬師に調合させましょう」

皇后は心底安心したように笑うと、差し出された袋を、大切なものを扱うようにそっと手で包んだ。

後宮を出ると、すぐに待ち構えていた医師たちに袋が渡る。

「これで助かればいいのだが」

医師たちを見送っていると、不意に冬隼が呟き、翠玉の肩に手を置いた。見上げると、良くやったなとでも労うように頭をポンと叩かれた。なぜだか目の奥がジワリと熱くなったが、気づかない事にした。

◇

「なるほどな……」

事の顛末を全て冬隼に話せたのは、結局夜になってからであった。

「しかし毒だった場合、何に入っていたのか、どうやったのかは、流石に時間が経ち過ぎていてわからないな」

「流行病《はやりやまい》だと思っていたからね〜」

翠玉と冬隼は、視線を合わせて大きく息を吐く。

「しかし、これほどまで清劉の流儀となると本格的に劉妃に嫌疑が向くな」

「そうなのよ。でも、ここまで怪しいのも逆に言えば不自然だわ。それに最後の言葉……」

寝台の上で膝を抱える。

「何か、知っているようにも聞こえるな……」

窓辺に寄りかかりながら冬隼も思案している。

「まぁ問いただしたところで答えてはくれないでしょうけどね……」

あの劉妃が翠玉にこのような忠告をした事が驚きなのだ。それは冬隼にも容易に想像がついたようで、静かに頷いただけであった。

手にしていた茶器を卓に戻すと、冬隼も寝台に上がる。

「しかし、嫌な事を思い出させたな」

翠玉の隣に腰を落ち着けると、冬隼は彼女の頭に昼間と同じように手を乗せる。

驚いて顔を上げ、冬隼の顔を見る。

「気づいていたの？　兄の事……」

「いやなんとなく……お前がすぐにピンときたのが引っかかってな……間近で見た事があるのかなぁと」

勘に過ぎないが、と苦笑した冬隼は思い出したように視線を落とす。

「それにあの書き付け、症状と解毒で書き手が違った。解毒薬の方はお前の筆跡だったから……」

「症状を書いたのは母よ……」

母と翠玉の文字は、似ているのだ。それをきちんと他人のものだと冬隼が認識していた事に、正直驚く。

「解毒がわかったのは、母が亡くなってから随分後だから、私が書き足したのよ。この記録はもともと母がつけていたものだから……」

そう言って卓に置いた古い紙束を見つめる。冬隼も昼間に見ていたその中には、おびただしい量の走り書きがあるのだ。

「母が私達を守るために書きつけていた形見みたいなものよ。役に立って良かったわ」

五章

三日後、皇子と皇女がそれぞれ快方に向かっていると報告があった。

その話を翠玉と冬隼は、皇帝の執務室で皇帝の口から聞いた。

「それはようございました」

「翠玉殿には何と礼を申せば良いか」

ありがとうと、一国の皇帝に頭を下げられ、翠玉は慌てる。

「たまたま記憶があった毒の症状と一致したまでです。とにかく、ようございました」

「しかし毒でありましたか……」

冬隼が唸る。

「一応劉妃の宮に、調べを入れてみたが、大したものは出なかったよ。桂竜の他にも薬草なんかはあったけれど、どれも常備の範囲のものだし、調合を記した書もあったが、どれも治療薬のものばかりだ」

雪稜が報告書を卓に放り投げる。

やはり今回の件は劉妃が当然怪しい。

「嫌疑不十分。何よりも今回は彼女のおかげで助かっているからな」

皇帝も複雑な表情をしている。

自身の妃であり、第二皇子の生母である。犯人であって欲しいはずがない。

「とりあえず、この件はここまでだ。さて、それで国外の事だけど、随分大変なお土産を持って帰ってきたなぁ」

自身の横に積まれた山のような書類の中から、数枚の紙を引っ張り出し、雪稜が大きくため息をつく。休戦後すぐに冬隼が送った報告書だ。今日はこの話のために、夫婦そろってこちらに呼ばれたのだ。

「間違いなく、董伯央だったんだね？」

雪稜の視線が翠玉をとらえる。

「間違いありません」

背筋を伸ばしてキッパリと答える。

「厄介なのが出てきたなぁ〜」

はぁ〜と大きなため息をこぼし、雪稜が頭を抱える。

「雪兄上は、以前会っておられますよね？」

冬隼の問いに、「そうなんだよ……」と雪稜が唸る。

「食えない男だ。私はあぁいう種の人間は苦手だね。人当たりが良くて無害そうな顔の裏で何を考えているのか得体が知れない」

その場にいる全員が、「あんたと同じじゃないか！」と突っ込みたかったが、誰一人として口を開かなかった。

「とにかく、碧相国と、響透国には声をかけてみた。数日中には二国より返答があるだろう。できるなら三国で極秘に会談を持ちたいところだが……」

「それまでに緋堯が持ちますか？」

神妙な顔で冬隼が言う。

「そこだよな……」

苦笑いで雪稜も頷き、がくりと頭を垂れた。

◆

帝都に戻り、ひと月が経った。

全ての隊の帝都への帰還が完了し、冬隼にも日常が戻ってきた。

またしても後宮内の暗殺を翠玉が阻止したため、以前のように刺客《しかく》が送られてくるのではと警戒を続けてはいるものの、比較的穏やかな日々が続いていた。

そんな中、伏していた皇子と皇女が回復したという知らせが届いた。

しかし、第三皇子は視力を失い、第一皇女もまた、ものの影しか分からないほどの弱視となった。長く高熱を出したためなのか、毒の成分によるものなのか、原因は分からないままだという。

「皇子は帝位継承権を放棄するらしい。廟妃《ひょうひ》と本人からの申し出に、皇帝と議会も承諾したよ」

雪稜の執務室で冬隼は初めてそれを聞いた。

快方に向かっていると聞いていたが、まさかそんな事になっていたのかと、心が沈む。この報告を翠玉はどう思うのだろう。

「まだ幼い。穏やかに生きていく事を願いたいですね」

命を狙われる事のないよう。せめてこの先、彼にとって今以上に悪い事が起こらぬよう願うしかない。

「そうなると、兄上の世継ぎは、二人となる……か。帝位の安定としては、泉妃の腹の子が男ならいいのだが、個人的には女であって欲しいな……」

雪稜の言葉に冬隼も頷く。もうこれ以上、世継ぎ争いを複雑にしたくないのが本音だ。

はぁ～とため息と共に雪は背もたれに体重を預ける。

「しかし、我らも準備をしていかねばならんな」

「準備……ですか？」

兄の言葉に冬隼が首をかしげると、雪稜は弟のその反応に呆れたように、視線を向ける。

「次の世代へだ！ 今の皇子達の誰が皇帝になっても道を違わず、国を守る事ができるように、それを支える人材を育てねばならんだろう？」

釈然としないような冬隼の様子に、おいおい、と雪稜は身を乗り出す。

「学に関してはうちの息子がまぁいい風に育っているが、あと一人二人欲しい。まぁ悠安のとこのチビもあいつに似たら、いい頭をしているだろうしな！ そうなると、あとは武だ。お前も早く後継者を作れ！」

「後継者？ ですか？」

いきなり水を向けられ、驚く冬隼に対して、雪稜は信じられないといった面持ちで弟を見る。

「お前の後、誰がこの国の軍事を支えるんだよ！ 兄上の御代を支えると我らが誓ったように、今の殿下方を支えると誓えるほどの者が必要だろう。だが、そんな者は我ら兄弟の子を置いて他にはいないだろう？」

たしかに、言われてみれば、と冬隼は考える。

今まで世継ぎ争いの事と、禁軍を強化していく事ばかりを考えてきたが、次世代の事までは目を向けてはいなかった。

特に禁軍は世襲制でもないため、有望な部下を育てて後継に据えればいいと思っていたのだが……

確かに皇帝への忠誠を考えれば、自分達の子である方が良いだろう。

「うちの息子は次代の皇帝の側近とするつもりで育ててきたし、本人もそのつもりだ。本来ならば、殿下方が兄弟で支え合えればいいのだがな、おそらくそれは無理だろう」

世継ぎ争いが激しい中、二人残った皇子達に仲良く支え合えという方が無理な話である。

「お前達夫婦の子ならば、武は申し分ないだろうし、早いところ子を作れ。もし、翠玉殿の力がこれから必要になるのであれば健康的な側室《そくしつ》でも迎えたらいい！」

兄の言葉には説得力もあるが、冬隼は頷く事ができなかった。

「子ですか。しかし、俺は継承権三位になります。子供を作ったら、世継ぎ問題を複雑にしませんか？」

第三皇子が継承権を手放した今、冬隼は皇子二人に次ぐ皇位継承権を持つ立場になる。昨年、一つ上の兄が病没し、目の前の兄の雪稜は宰相になるのと引き換えに継承権を放棄しているため、ここ最近で一気に継承順位が上がっているのだ。

そんな冬隼の不安を余所に、雪稜はあり得ないと笑う。

「そんな事、お前の育て方次第だろうが。産まれた時から国を支える立場になるんだって言い続けたら、子供はそういうものだと思って育つ。現に俺達は、兄上を支えるのだと言われて育って、今日まで一度も帝位を兄上から簒奪《さんだつ》しようなんて思った事はないだろう？」

もしかして、お前はあるのか？　と問われ、冬隼は即座にブンブンと首を横に振る。

帝位を簒奪《さんだつ》するなど、そんな愚かな事を考えた事はただの一度もない。

自分達は皇帝となる兄を助け、支えるという大切な役目がある。そう母にずっと言い聞かされ、自分もそれを信じて疑わず、育ってきた……のだ。

不意に現実味を帯びてきた自らの子を作るという話に、冬隼は何も返す事ができなかった。

◇

「どうしたの？　浮かない顔して」

夜、部屋に入り顔を見るなり、翠玉に声をかけられた。今日は一日別行動で仕事についていていたため、顔を合わせるのは朝以来であった。しかも今日の冬隼は宮廷からの帰りである。何か深刻な事態になったのではないかと心配になったのだろう。

この事を翠玉に伝えるのは冬隼にとっても辛い事だ。

「禁軍に関わる事ではない」

前置きをして、翠玉が座る長椅子の対面にある寝台に腰掛けると、すぐに翠玉が茶を入れて渡してくる。

「伏せっていた皇子殿下と皇女殿下だが、回復されたそうだ」

「そう、よかった」

冬隼の言葉に頷くも、その顔は不安げだった。きっと彼女はその先の事を心配しているのだろう。

「ただ皇子は視力を失ったらしい。皇女も弱視《じゃくし》だという」

「やっぱり……」

翠玉は肩を落とした。

「知っていたのか？」

冬隼の問いに、翠玉は控えめに首を振る。

「聞いた話だけだったから確証はなかったのよ」

もっと早く対応ができていたなら……と、悔しい気持ちが滲み出ていた。

「皇子は継承権を放棄するそうだ。ゆっくり静養するらしい」

「そう……」

悲しげに呟いた翠玉だが、しばらくして目を瞬かせ、何かを考えるように首を捻った。

「継承権放棄なんてできるの？」

「清劉はできないのか？」

「できないわ！」

「国によって、違うのだな……」

「そのようね……驚いたわ……」

呆然としながらも頷いた翠玉の様子を見るに、どうやら清劉では考えられない事らしい。

「この国は、皇帝と議会の承認を受ければ帝位を辞退できる。しかしそれ相応の理由がなければ認められない」

丁寧に説明をしてやると、翠玉は「なるほど……」と呟きながら、先を促すように頷く。

「今回のように、病で皇帝の業務が難しい者。婿入りや、国政の仕事のため、帝位を外れた方がやりやすい者。もちろんそうする事で国に利がある場合に限られるがそうした者は認められれば外れる事ができる。雪兄上は後者だ。あの人は宰相になる折に継承権を放棄している。皇帝の補佐として政を行う者が継承権を持っていると何かとややこしいからな」

冬隼の言葉に翠玉は頷く。

「なるほどねぇ。あれ？　そうなると冬隼は？」

同じ理屈で言ったら禁軍将軍も、帝位を外れていてもおかしくないのだが……

相変わらずの翠玉の頭の回転の速さに、苦笑する。

「残念ながら、俺は今回の件で継承権三位になる。兄上が即位の際に、俺も帝位を外れようとしたのだがな……許可が下りなかった。あの頃はまだ兄上に子もいなかったし、継承者を無駄に減らすのはよくないという判断だ。それに俺は、皇帝の直系の弟だから……」

「なるほどね。まぁある程度世継ぎの層は厚くしておきたかったって事ね？」

納得したように翠玉が頷く。

「確かに、帝位継承権が上がったのは、あなたにとっては歓迎できない事ね」

浮かない顔の原因はそれではないのだが、雪稜と話した事は、まだ翠玉には話すべきではないと思い、頷くに留める。

兄が即位してから、自分は絶対に子を持たないと思っていた。

しかし今日、雪稜と話して、それは今だけの事を考えていたに過ぎないと気づかされた。自分とは違い、雪稜は随分と先を見ていた。自分の代からその先まで、この国を維持するために……

自分は、まだまだ甘い。

まだ心配そうにこちらを見ている翠玉に、冬隼は笑ってみせる。

「俺が皇帝になったらお前は皇后だぞ？」

「絶対無理よ！　私には務まらないわ！」

鼻で笑われて、さらりと拒否される。

「俺もあんなもの務まらんからな。そうならないように全力で兄上達を支えるしかないな」

翠玉の頭をぐしゃりと撫でると、茶を飲み干し、「寝るぞ」と声をかけ床へ入る。

すぐに茶器を片付けた翠玉も床へ入ってきた。

先の世のために子を持つ事は冬隼にとっては急務なのかもしれない。

しかし、だからと言って翠玉にすぐそれを求める気にはなれない。おそらくこの話をしたら、彼女は義務感で首を縦に振るだろう。

それでは駄目だ。彼女の気持ちを置き去りにはしたくない。

「おやすみ～」

冬隼の考えている事など知りもしない翠玉はいつものように寝台に転がると、小さく丸まる。その気配を感じながら、どうしたものかと思案する。今夜はいつものようにすぐに眠れそうにはなかった。

◆

幼い少女は、小さな妹に手を引かれ、恐る恐る歩を進める。足先の感覚を確かめながら、段を下り、妹に手を引かれるままにゆっくり歩く。

窓からそんな姿を見守りながら、翠玉は胸が締め付けられる思いがした。

「香蘭様はあんなにお小さいのに、気丈ですね」

同じように見守る泉妃を見る。ひと月前に比べて、少し顔色は良くなってはいるものの、相変わらず痩せて疲れた顔をしている。無理もない、自分の体もままならない上に、子が視力をほぼ失ったのだ。

「子供の方が強いです。私などは可哀想で可哀想で、ただただ嘆く日々なのに、あの子は受け入れて、前に進もうとしています」

自嘲した泉妃は一瞬たりとも皇女から目を離さない。

後ろから兄の爛皇子が追うようにやってきて、妹の片方の手を取る。兄妹に両の手を引かれ、先ほどよりも軽い足取りで、庭の中央まで歩いていく。

普通に見れば兄妹仲睦まじく、微笑ましい光景なのだが……。

「命が助かっただけでも感謝せねばなりませんが。どうしても欲が出てしまいます。申し訳ありません。せっかく翠姫に助けていただいたのに……」

母であれば当然の事であろう。と翠玉は首を振る。

「こんな事が起こって、この子も本当にきちんと無事に産めるのか、ちゃんと守りきれるか、最近不安になる事があります」

まだあまり目立たない腹を泉妃はゆっくり撫でる。

この華奢《きゃしゃ》な体で、姿の見えない悪から四人の幼い子を守るのは相当な重圧であろう。

泉妃が腹に当てた手に、翠玉は手をのばすと、そっと重ねる。

「微力ながら、私のできる範囲でお手伝いさせていただきます。大丈夫、皇后陛下もついておりますお一人で抱えないでください」

見返してくる泉妃の不安げな瞳が、少しばかり柔らかい色に変わる。

「翠姫、ありがとうございます。そうですね。皇后陛下にも良くしていただいております。本当に子達の事を考えていただいて……」

きゃーっと子供の高い声が響き、反射的に二人で腰を浮かせ、窓の外を見る。子供達が楽しげに草の上を転がって遊んでいた。

二人同時に、ホッと息を吐く。

「少し神経質になりすぎているのかもしれませんね。もう少し力を抜けたらいいのですが、どうしても不安で……」

泉妃はそう言って席を離れると、子供達の着替えを用意するように女官達に声をかけにゆく。その背中を見つめて、翠玉は先ほど泉妃に重ねていた手をぎゅっと握った。

◇

「母とは常に子を想い不安なもの、お世継ぎの母ならばなお更でしょうね」

翠玉の話を聞いて、目の前の貴婦人――伯母である高蝶妃は頷く。相変わらず、母に似たその姿に翠玉は落ち着かない気分になる。

「どう、声をおかけすれば良いのか……」

言葉に詰まる。

「難しい事よね」

翠玉の様子に高蝶妃は、小さくため息をこぼす。

「あなたも母になれば少しは分かるかもしれないけど、泉妃のお立場がお立場ゆえ完全には難しいのではないかしらね」

何人にも当てはまらないお立場の悩みですものね、と付け加える。

「母、ですか……」

自分には遠い話であると、翠玉からは思わずため息交じりの声が出たのだが。

「あら？　もしかして？」

どうやら違う意味で取られたらしく、期待を込めた視線を向けられて……

「いやいやないですよ」

慌てて否定する。

「ない方が問題よ！　あなたも若くないのだから、早くお産みなさいな！」

高蝶妃から、思いがけず戒めるような反応が返ってきて、翠玉は少しだけ体を引く。

「いや、でも、まだまだ戦があるので……」

「そんなもの男に任せなさいな！　殿下のお立場的にもお世継ぎがいるのではないの？」

おそらく、宮で桜季や陽香が思っている事と同じであろう。思わず苦笑いが漏れた。

「いや、でも今私達の間に子ができると、お世継ぎの問題が複雑になるのではないかと懸念しておりまして」

「何を言っているの！　お世継ぎ問題よりも何よりも、誰が先の世の軍事を引っ張って行くというのよ？　そんなの、冬殿下の子しかいないじゃない！」

眉を跳ねあげて、何を寝ぼけた事をと叱られ、あまりの剣幕に翠玉は呆然とする。

「第一お世継ぎ争いなんぞ、生まれた時からそんなもの無いように育ててしまえば、子供は意識などしないわ！　本人にさえその気がなければ、周りだって世継ぎ争いに引っ張り出そうとなんてするものですか！　おおかた冬殿下が懸念しているのでしょう？」

あまりの剣幕に、ただこくこくと頷くと、高蝶妃は大きなため息をつく。

「彼は近すぎるところにいたから仕方ないわ！　でもあなた達の子供は違う。あなた達の育て方次第で、次代の皇帝を支える人材になるの。後世のために優秀な人材を育てる事も、大事な事なのよ！」

先代の世継ぎ争いの折に、関与はしていなかったとはいえ、陰謀渦巻く後宮にいた高蝶妃にまさかこのような事を言われるとは思ってもいなかった。しかし、考えてみると、彼女の言う事も一理ある気もしてくる。

「たしかに……そうですね……」

素直に言うと、高蝶妃は「そうでしょうよ！」と浮かせかけていた腰を下ろし、居ずまいを正す。

確かに今現在、皇子達の中には禁軍の将来を担える人材はいない。それは、なかなか心許ない状況ではないだろうか……

「それなら早い方がいいですもんね。側室《そくしつ》でも持ってもらった方がいいのでしょうか？」

冬隼の好みとはどんな娘なのだろうか。その前に冬隼をどう説得しようか。

翠玉がそんな事を考え始めていると、高蝶妃がまた腰を浮かせ、叫んだ。

「なぜそうなるの？　あなたが生むのよ‼」

今日……否、今までで一番大きな叫び声だった。

◇

帰りの馬車にゆられながら、翠玉はぐるぐると考えた。

冬隼の子を、私が生む。私が母？

頭を抱えて思案するが……

そ……想像が……つかなすぎる。

隣に座る双子が、「具合でも悪いのですか？」と心配そうに見てきたので大丈夫だと手で制し、はぁっと大きく一つため息を吐いた。

そんなこんなしているうちに、邸に到着してしまって……

「帰ったか」

帰宅と同時に冬隼の顔を見る事となって、ギョッとした。どうやら帰宅が同時だったらしい。さほど珍しい事ではないのに、呼吸の仕方を忘れるくらいには驚いた。

「どうかしたか？」

そんな翠玉の一瞬の怯みを、冬隼が見逃すはずがなかった。

「な、何でもない！」

すぐに首を振って否定するが、冬隼の表情が不審そうに曇るのが分かった。「また何かろくでもない事を……」と詰められるかと身構えたものの、彼は一つ大きなため息をついて翠玉に近づいてくると、大きな手をポンと頭に乗せた。

「何かあるなら一人で思い詰めず、言えよ」

ポンポンと軽く二回叩き、背を向けて、邸内に消えていってしまう。

翠玉は、ぼんやりとその後ろ姿を眺めた。肩透かしを食らったような……しかし、どこかくすぐったいような、何ともいえぬ感情が、胸の奥に広がる。

この人の子供を産む……か。悪くはないのかもしれない。きっとそれなりに大切に愛しんでくれるであろう。

それまでに、あの行為があるのだが……遠い過去を思い返すが、正直もうあまり覚えていない。記憶にあるのは痛みのみ。

それについては、我慢するしか、ないのかもしれない。とはいえ冬隼にその気がなければダメなのだが……

「どうしたものか……」

残された回廊でぽつりと呟く。側に控える護衛の二人が、どうしたのだろうかと首を傾けるが、こんな事彼らに言えようはずもなく。

「何でもないわ」と肩を竦めて、自室へ向かった。

◇

「どうした？　何か様子が変だぞ？」

夜、翠玉が寝台に上がると、冬隼が顔を覗き込んできた。

「熱はないな」

大きく熱い手が伸びてきて、首を触られる。どうやら体調不良を心配しているらしい。

温かくて少しくすぐったかった。最近、随分と馴染みのある手……ふとその手に自分の手を重ねてみる。不思議そうな冬隼の視線が翠玉を捉えている。

両手で冬隼の手を持つと、その手を下の方へ下げ、胸元に持って行く。

一拍の後に冬隼の手が振り払われ、すごい勢いで引かれた。

「ど、どうした⁉　熱でもあるのか？」

慌てた様子で、翠玉から距離を取り、居住まいを正した冬隼に、熱なら先ほど自分で確認したではないかと突っ込もうとしてやめる。

今翠玉が問いたいのはそんな事ではないのだ。

「違うわよ。ねぇ、こういう場合女からはどう誘うべきなの？」

夕方から、色々と考えを巡らせて、巡らせて……自分の経験値のなさに、打ちのめされていたのだ。もうどうしたらいいのか分からなくなり、ここは潔く本人に聞いてみる事にしたのだが……

目の前の冬隼は固まって、だいぶ混乱しているようだった。

「ど、どうしたお前？」

少し待ってようやく口から出た言葉はかなり慌てていて……

「いや、どうもしてないけど」

高蝶妃の話をそのまましてもいいものなのか迷い、視線が泳いでしまった。

そんな翠玉の仕草を、冬隼が見逃すはずもない。大きくため息をついて、ゆっくりと座り直すとしばらく頭を抱えて、もう一度大きなため息をつく。

「……高蝶妃に何か言われたな？」

顔を上げ、低い声で聞かれた。

「え……何も」

「また視線を逸らしたな！　何かあるだろう。吐け！」

全てお見通しなのだと睨まれて、これは逃げ切れないと本能が白旗を揚げた。

◆

観念した様子の翠玉から高蝶妃との会話を聞きだして……

冬隼はまた頭を抱える事になった。

どうやら冬隼が雪稜から言われたようなことを、翠玉は高蝶妃から言われてきたらしい。

しばらく自分の気持ちに整理がつくまで、翠玉に話す事を控えていたのだが、思わぬ方向から不意打ちを食らった。

確かに、兄達のいう事には一理ある。しかしだからと言って今まで考えてきていた事は、すぐに覆せるほど生半可なものでもなかったのだ。

それに……と翠玉を見る。不安げにこちらの様子を窺っている。

思わず深いため息が出る。

ゆっくりと彼女に手を伸ばし、その華奢《きゃしゃ》な肩を押す。不意打ちだったのか、それとも抵抗する気がなかったのか、軽い音を立てて、彼女の体が寝台に沈んだ。

その体にゆっくり覆いかぶさると、翠玉の顎に手を添えゆっくりと口付ける。柔らかい甘い香りが鼻をかすめた。

一拍おいて唇を離すと、キョトンとした瞳がこちらを見てきた。予想通りの反応すぎて、思わず苦笑する。

「いずれは必要かもしれんが、今の俺たちには早いようだな……」

体を起こし、翠玉の手を引くと座り直させる。

「どういう事？」

「意味がわからない……」と不思議そうに見上げてくる。それが更に彼女らしくて、またおかしくなる。

「その時が来るまで、無理しなくていいって事だ」

ペシッと翠玉の露わになった額を叩く。

それでも更に、よくわからないんだけどと言いたげな顔で見てくるので、少し意地悪をしたくなった。

「とりあえず、口付けの時くらい目をつぶれ！」

軽く額を指で弾く。

「アタッ！　だって急だったからぁ～」

慌てて額を押さえた翠玉から、抗議の声が上がった。むくれる翠玉に「寝るぞ！」と声をかけて自身の寝床へ転がる。「もう！　なんなのよ～」と不満そうに言いながらも、ごそごそと翠玉も転がる気配を感じ、冬隼はほっと息を吐いて、騒ぐ胸を落ち着かせるように瞳を閉じた。

◇

目が覚めたのは早朝だった。まだ夢の中にいる翠玉を起こさぬよう、静かに室を出る。昨夜あんな事があったせいか、穏やかに朝をすごすよりは体を動かしたかった。

中庭に出て、剣を振るう事にする。

朝のひやりとした空気が、心地よく頬を撫でた。

いくらか剣を振り、呼吸が上がり汗が滲んだ頃、ふと昨夜のやり取りが頭をかすめた。

首を大きく振る。今は……剣に集中しよう。そう思って切先に神経を集中するが、どうも入りきらない。

こんな状態での鍛錬は意味がない。諦めて剣をしまうと、そのまま自室へ向かうことにした。まだ着替えをするにも朝食にも早い時間だ。

仕方なしに、椅子に腰掛けると、大きく息を吐く。

昨晩の出来事を思い出す。まさか翠玉から迫られるとは思わなかった。あまりの不意打ちに、今思うと随分取り乱したように思う。あそこまで慌てる必要もなかったと今になっては思うのだが……やはり冬隼も男だ。

一瞬、好きな相手から迫られて、流されてしまおうかとも思ったのが正直なところだ。

だが、やはりどこかで、それではダメだと制止する自分がいた。

そして、いざ口付けをしてみてわかった。

翠玉の中には、やはり自分ほどの気持ちは育っていないのだ。

おそらく彼女はまた、自分の妻としての役目に縛られて行動したのだろう。いくら好きな女でも、そんな相手を抱きたいわけではないのだ。

翠玉の中で、冬隼の位置付けは、それほど悪いわけではない事は、なんとなく感じている。しかしそれが恋愛感情なのかといえば、それは分からない。

何よりも翠玉の気持ちを最優先に考えてやりたいと冬隼は思っている。一度失敗しているだけに、今度こそ大切に扱わねばならないとも……

しかし……

「前途多難《ぜんとたなん》、だな」

先はなかなか遠そうである。果たしてそんな日が来るだろうか。それでなくても、今自分達は多くの問題を抱えている。

紫瑞国の動きが読めない今、この先更なる戦が起こる可能性は否めない。

そうであれば、翠玉の力は不可欠となろう。そんな彼女に子を産むという大仕事まで押し付けるのは、どう考えても酷な話である。

かといって、側室《そくしつ》をもうけるなんて事は絶対に考えたくもない。

翠玉だから……彼女との子だから欲しいのだ。

随分と勝手なものだと自嘲する。

今まで散々、子どもを持つ事を遠ざけてきた。そうする事が国のため、今とその先の帝位を守るために最善だと考えていた。

しかし、多方面から子を持つべきだと言われて、混乱しながらも、確かに必要だと納得もした。

そして、不思議な事に、そうした選択肢ができた事を嬉しく思う自分がいる。

互いの意思なく政略的にした結婚。それはどうあがこうとも変わる事はない。

しかし子は、翠玉と二人で望んだ上で得るのならば、それは翠玉と冬隼の心がきちんと選んだ証となる。その心が問題ではあるのだが……

不意に窓の外にキラリと光る何かを認めて視線を向ける。

先ほどまで寝台で眠っていたはずの翠玉が、寝巻のままで庭に出て模擬刀で素振りを始めたらしい。目覚めて冬隼の姿がなく、鍛錬をしているのだと思いやって来たが、その姿がないため一人で始めた……というところだろう。どうやら彼女もいつもより早く目覚めたらしい。

すぐに椅子から立ち上がって、立てかけてあった模擬刀を手にすると部屋を出る。

「おはよう！　早かったのね？」

部屋を出ると、すぐにこちらに気がついた翠玉が、ヒュンとキレのいい音を立てて剣を振り下ろしながら、微笑む。

「何本で行く？」

回廊から庭に降りながら、挑戦的に声をかけると、見返してきた榛色の勝気な瞳に光が宿る。

「五本勝負‼　もちろん手加減なしよ‼」

「かかってらっしゃい！」と構え直す翠玉の正面に立って、冬隼もゆっくりと剣を抜くと、微笑む。

「当然だ！」

すぐに剣が交わる高い音が庭に響き、互いに互いの癖や弱いところを容赦なく突く遠慮のない応酬が始まる。そんな中でも剣を交える翠玉は楽しげで、そして自分も自然と口角が上がっている。

今はきっとこの関係が互いに心地よく、丁度いいのだ。

ゆっくりと、二人の速度で二人の形を育んでゆけばいい。

そう思い、冬隼は目の前の翠玉を見て微笑む。

翠玉が彼女らしくいられる事、それが冬隼にとっては何よりも望む事であるのだ。

可愛い子どもたち＆イケメン和装男子との
ほっこりドタバタ住み込み生活♪

会社が倒産し、寮を追い出された美空《みそら》はとうとう貯蓄も底をつき、空腹のあまり公園で行き倒れてしまう。そこを助けてくれたのは、どこか浮世離れした着物姿の美丈夫・羅刹《らせつ》と四人の幼い子供たち。彼らに拾われて、ひょんなことから住み込みの家政婦生活が始まる。やんちゃな子供たちとのドタバタな毎日に悪戦苦闘しつつも、次第に彼らとの生活が心地よくなっていく美空。けれど実は彼らは人間ではなく、あやかしで…!?

定価:726円（10%税込み）　ISBN 978-4-434-31498-8

Illustration：鈴倉温

あやかし薬膳カフェ「おおかみ」
1～2
森原すみれ
ここは、人とあやかしの
心を繋ぐ喫茶店。
アルファポリス
第3回
キャラ文芸大賞
特別賞
受賞作！
身も心もくたくたになるまで、仕事に明け暮れてきた日鞠《ひまり》。
ある日ついに退職を決意し、亡き祖母との思い出の街を探すべく、北海道を訪れた。ふと懐かしさを感じ、途中下車した街で、
日鞠は不思議な魅力を持つ男性・孝太朗《こうたろう》と出会う。
薬膳カフェを営んでいる彼は、なんと狼のあやかしの血を引いているという。思いがけず孝太朗の秘密を知った日鞠は、
彼とともにカフェで働くこととなり――
疲れた心がホッとほぐれる、
ゆる恋あやかしファンタジー！
◎各定価：726円（10％税込）
illustration：凪かすみ

帝都を騒がす
事件の裏に怪異あり――

謎多き美貌の探偵
心の闇を暴き魔を祓う!

――大正十年。職業婦人になるべく上京した椎葉《しいば》桜子《さくらこ》は、大家に紹介された奇妙な探偵事務所で、お手伝いとして働き始める。そこにいたのは、およそ探偵には見えない美貌の男、犬神零と、不遜にして不思議な雰囲気の少年、ハルアキ。彼らが専門に扱うのは、人が起こした事件ではなく、呪いが引き起こす『怪異《けい》』と呼ばれる事象だった。ある日、桜子は零の調査に同行する事になり――

薄幸探偵+異能少年
陰陽コンビの
大正怪異ミステリー

◉定価:726円(10%税込)　◉ISBN:978-4-434-31351-6　◉Illustration:千景

迦国《かのくに》あやかし《あやかし》後宮譚《こうきゅうたん》
1~3
著 シアノ
皇帝が選んだのはあやかし憑きの少女!?
アルファポリス
第13回
恋愛小説大賞
編集部賞
受賞作
妾腹の生まれのため義母から疎まれ、厳しい生活を強いられている莉珠《りじゅ》。なんとかこの状況から抜け出したいと考えた彼女は、後宮の宮女になるべく家を出ることに。ところがなんと宮女を飛び越して、皇帝の妃に選ばれてしまった！　そのうえ後宮には妖《あやかし》たちが驚くほどたくさんいて……
迦国あやかし後宮譚
2
シアノ
陰謀渦巻く後宮で
皇帝命の危機!?
迦国あやかし後宮譚
3
シアノ
夫婦の道は前途多難。
愛妃にまつわる
真実が明らかに!
●各定価：726円（10%税込）
●Illustration：ボーダー

この作品に対する皆様のご意見・ご感想をお待ちしております。

おハガキ・お手紙は以下の宛先にお送りください。

【宛先】

〒150-6008 東京都渋谷区恵比寿4-20-3 恵比寿ｶﾞｰﾃﾞﾝﾌﾟﾚｲｽﾀﾜｰ 8F
（株）アルファポリス　書籍感想係

メールフォームでのご意見・ご感想は右のＱＲコードから、
あるいは以下のワードで検索をかけてください。

アルファポリス　書籍の感想　検索

ご感想はこちらから

アルファポリス文庫

後宮《こうきゅう》の棘《とげ》２　～行《い》き遅《おく》れ姫《ひめ》の 謀《はかりごと》～

香月みまり（こうづき みまり）

2023年 1月 31日初版発行

編集－加藤美侑・森 順子
編集長－倉持真理
発行者－梶本雄介
発行所－株式会社アルファポリス
〒150-6008東京都渋谷区恵比寿4-20-3 恵比寿ｶﾞｰﾃﾞﾝﾌﾟﾚｲｽﾀﾜｰ8F
TEL 03-6277-1601（営業）　03-6277-1602（編集）
URL https://www.alphapolis.co.jp/
発売元－株式会社星雲社（共同出版社・流通責任出版社）
〒112-0005 東京都文京区水道1-3-30
TEL 03-3868-3275
装丁イラスト－憂
装丁デザイン－西村弘美
印刷－中央精版印刷株式会社

価格はカバーに表示されてあります。

落丁乱丁の場合はアルファポリスまでご連絡ください。

送料は小社負担でお取り替えします。


ISBN978-4-434-31497-1 C0193